Hans Werner Karch

Niemals eine Frage der Zeit

HANS WERNER KARCH

Niemals eine Frage der Zeit

Roman

Bibliografische Information der Deutschen Nationalbibliothek
Die Deutsche Nationalbibliothek verzeichnet diese Publikation
in der Deutschen Nationalbibliografie; detaillierte bibliografische
Daten sind im Internet über http// dnb.dnb.de abrufbar

© 2017 Hans Werner Karch

Herstellung und Verlag: BoD –Books on Demand, Norderstedt
Umschlaggestaltung: © Hans Werner Karch
Lektorat: Ulrich Eckhoff

ISBN 978-3-7431-6164-1

Schwierigkeiten werden nicht dadurch überwunden, dass sie verschwiegen werden.

(Bertolt Brecht 1898-1956)

Kapitel 1

Mittlerweile nahm der Schmerz in seinem rechten Schultergelenk von Minute zu Minute an Intensität zu, gefolgt von einer Missempfindung, die sich jetzt langsam bis zu seinen Fingerspitzen ausbreitete. Er erinnerte sich, dass ihm dieses Phänomen schon einmal in seiner frühen Studentenzeit begegnet war.

Franz Seeberg wusste nicht mehr, was ihn mehr störte, der Schmerz in der Schulter oder dieses Gefühl des drohenden Verlustes der Sensibilität und eventuell auch der Motorik dieser ganzen Extremität.

Schon ertappte er sich dabei, wie er gezielte Fingerbewegungen ausführte, um zu testen, inwieweit dieser kräftige Arm ihm noch gehorchen konnte und nebenbei traten dann Erinnerungen aus seiner Studentenzeit in sein Bewusstsein. Seeberg erlebte intensiv diese Zeit, die geprägt war von Unruhen und teils starken politischen Aktivitäten:

Der Lust an der Konfrontation.

Der Freude an einer neuen, ausgelassenen Debattenkultur, vielfach begleitet von einer grobkörnigen Sprache beider Parteien, die dem ganzen noch die notwendige Würze verlieh.

Der Erwartung an eine Zeit des Umbruchs, des Erwachsenwerdens,

„aber nicht im Sinne unserer Väter und Mütter",
wie er oft genug betonte.
Mit seinem besten Freund rief er im Eifer und nach
reichlich Alkoholkonsum im Sommer 1969 auf einer
der wilden Feste aus:
„Es wird die Zeit der Rache an unseren Eltern
kommen!"
Was auch immer die beiden darunter verstanden.
Vorausgegangen war ihnen eine Kindheit in einem
bis dahin noch unbekannten Frieden und dem Streben
aller nach Wohlstand. Die allgemeine Blickrichtung
war verständlicherweise für die meisten nach vorn
gerichtet. Für eine Retrospektive war die Generation
ihrer Eltern offenbar noch nicht reif genug, und jeder
versuchte auf seine Art, den Untergang ganzer Völker
und Kulturen, die dieser zweite Welt-Krieg mit sich
gebracht hatte, irgendwie zu vergessen.
Ganz besonders in Deutschland hinterließ das Dritte
Reich eine bisher nicht gekannte moralische
Trümmerlandschaft, in der jede staatliche Ordnung
gerade untergegangen war.
An ein echtes Verarbeiten aller Lügen und Verwirrt-
heiten war noch lange nicht zu denken. Auch 20 Jahre
nach Kriegsende kam es nur selten zu freier und
ehrlicher Kommunikation mit der Generation ihrer
Väter und Mütter über die unselige Zeit von 1933 bis
1945.
Mehrfach wurden bei Treffen unzählige und noch

dazu völlig untaugliche Versuche unternommen, sich gegenseitig darin zu bestärken:

„dass man von alledem nur wenig oder gar nichts gewusst hätte."

Die meisten versuchten, sich so klein wie möglich zu machen, stellten sich als unbedeutendes Rädchen im grausamen Getriebe des Krieges dar oder stritten sogar jegliche Beteiligung an Verbrechen gänzlich ab. All diese Erklärungen erschienen wie eine, sich selbst spendende, allerdings sehr ungeschickte Generalabsolution, die, in der Nachbetrachtung an Peinlichkeit nicht zu überbieten war, vor allem vor dem Hintergrund der unzähligen Verbrechen in diesen Jahren der NAZI-Herrschaft.

„Die Loslösung vom Gedankengut der Väter gelingt uns",

so dachten Seeberg und viele andere mit ihm,

„zunächst und hauptsächlich in der Geburt einer neuen Sprachkultur, die nur wir(!) zu entwickeln imstande sind, denn wir gehören nicht zu den Vorbelasteten."

Die allgemeine, schlichtweg grauenhafte Verwilderung der Sprache in den Propagandareden und Hass-Schriften des NS-Regimes bediente sich zudem schamlos gefährlicher Euphemismen, die nur dazu bestimmt waren, die grässlichen Verbrechen so

darzustellen, dass die abscheuliche Wahrheit nicht als furchterregend wahrgenommen werden konnte.
Mit dem Begriff „Endlösung der Judenfrage" konnte man nicht unbedingt das Morden an sechs Millionen Menschen in Verbindung bringen.
Diese Menschenverachtung war und ist auch heute noch unvorstellbar.
Ebenso wurde eine gewaltsame Vertreibung ganzer Volksgruppen als „Umsiedlung" beschönigt.

Es war eine Zeit, die von einigen mit einer vollkommenen Zerstörung jeglichen menschlichen Anstands verbunden war. Von politischer Seite nicht nur gewollt, sondern auch gefördert. Seeberg und viele seiner Freunde empfanden diese Verlogenheiten unerträglich. Die Sprache von Grund auf zu entrümpeln und die Dinge zu benennen, wie sie wirklich waren, das (!)war eines ihrer großen Ziele. Unausweichlich musste dies sehr oft zu schweren Auseinandersetzungen führen, da die Diskussionen nicht allein vom Inhalt her, sondern auch durch die Verharmlosung der Verbrechen während des Krieges an Schärfe zunahmen.

Hatte einmal irgendeine Person den Versuch unternommen, von einer *Großreichnostalgie* auch nur zu reden, sie musste diese noch nicht einmal verherrlichen, so blieb der oder dem Betreffenden jene

Begegnung mit Franz in dauerhafter Erinnerung.
Neben seinen klugen und schlagfertigen Argumenten bestach er zudem durch ein fundiertes Geschichtswissen über die Zeit zwischen 1933 und 1945. Er vermied es absolut, sein Gegenüber zu belehren.
Vielmehr war es ihm wichtig, alle Widerlichkeiten der NSDAP darzulegen, und die drängende Frage zu eruieren, wie es möglich war, von diesem ungezügelten Größenwahn besessen zu sein.
Jene Nostalgiker des Dritten-Reiches sollten selbst ihre irrigen Vorstellungen durchschauen und aufgeben.
Diese Art der Überzeugung war ihm wichtiger als der erhobene moralische Zeigefinger.
Nicht immer gelang ihm diese mühsame Geschichtsstunde, und so konnte es vorkommen, dass ihm, bei aller Emotionalität auch hin und wieder mal *die Gäule durchgingen.*
Gerade in diesen Jahren war er wie besessen, die, wie er sagte *Ewigen Wahrheiten* mit einem nahezu missionarischen Auftrag aller Welt verkünden zu müssen. Demnach war er schnell bekannt für seine teils überladenden, teils krawallartigen Auftritte.
So arteten Schul-und Studentenzeit zeitweise in wortgewaltige Demonstrationen aus, die hin und wieder schon mal begleitet waren von körperlichen Auseinandersetzungen mit der Polizei. Über mehrere Jahre hinweg war er mit vielen seiner Gleichgesinnten,

wie man ihnen nachsagte, schwer auf Krawall gebürstet.
Eine Versöhnung mit ihren Vätern, und teilweise auch mit ihren Müttern, schien Teilen dieser Jugend in jenen Jahren sehr weit entfernt, wenn nicht sogar unmöglich. Der Ungeist des sich nicht Verstehens benebelte beide Generationen über Jahre hinweg.

Je länger sich Franz mit der Thematik beschäftigte, umso mehr erkannte er, dass Hass und Gewalt nicht zufällig entstanden. Sie waren zusammen organisiert, vereint in einer ideologisch gezüchteten Bande von Terroristen.
Die grenzenlose Verachtung von Allem was nicht in das verwirrte Weltbild dieser Nazis passte, verschlug ihm öfter die Sprache.
Hatten denn so viele vergessen, oder vielleicht auch nicht gelernt die Dinge zu hinterfragen, die sich tagtäglich vor ihren Augen abspielten?
Möglicherweise auch eine Folge grassierender Verblödung, die bewusst politisch inszeniert wurde!
Wenn Franz dann kommentierte, dass dieser Apparat sein nötiges Schmierfett wesentlich durch das Schweigen des großen Kollektivs der *Nicht-Neinsager* erhielt, dann beendete der alte Seeberg öfter die festgefahrenen Diskussionen mit dem Satz:
„Hätte, würde, könnte, und so weiter.
In der Nachbetrachtung der Geschichte ist dieser

Konjunktiv sicher grundsätzlich diskussionswürdig."
Allerdings erschöpfte sich seine Neigung zur
Vergangenheitserklärung in ähnlichen, und bewusst
spärlichen Ausführungen, die man aber bei genauer
Betrachtung nur als den vorsichtigen Beginn eines
Versuchs werten konnte.
Weiter vorwagen, konnte und wollte er sich nie.
Erst Jahre später erkannte der junge Seeberg, dass
Verstand alleine nicht hilft.
„Man braucht ein Gespür für Hoffnungen und
Ängste."
Klingt ziemlich angestaubt, ist aber so.

    Mit dem Ende des Krieges musste ein großer
Teil der Elterngeneration über Nacht verlernen, was
sie über Jahre hinweg lernen mussten.
Hungernd, geächtet und verachtet lebte der größte
Teil der Bevölkerung ziellos zwischen Trümmern.
Ein gedemütigtes Objekt der Sieger.
Die schwierige, aber dennoch wichtige Aufgabe, sich
im Frieden ganz besonders um den Frieden zu
kümmern und daran zu arbeiten, diesen zu erhalten
war für sie ein völlig unbekanntes Feld.
Damit kamen Überforderung und Leere in ihr Leben
und so war die Flucht in ein stark Konsum orientiertes
Dasein, augenscheinlich ohne ideologische
Begleitmusik, sehr willkommen.
Die jüngste Vergangenheit blieb bei ihnen über viele

Jahre hinweg ausgeblendet, und so verstanden sich viele der 68er Generation als kritische Beobachter der politischen Bühne. Sie wollten verhindern, dass nicht wieder ein gefährlicher Ideologie-Mix angerührt wurde. Denn das Vakuum, das durch den Untergang des Dritten Reiches entstanden war, entfesselte eine enorme Sogwirkung für viele Aufsteiger ganz unterschiedlicher Gesinnung.

Kapitel 2

Jetzt lag Franz Seeberg, schon seit mehr als einem Tag mit Marie-France auf einer ihm noch immer ungewohnt harten Matratze in einem halbdunklen Hotelzimmer unweit des Zentrums von Reims.
Ein milder Junimorgen ohne den häufigen Regen in dieser Jahreszeit gab der Champagne das ersehnte Licht für ihre weitläufigen Weinberge. Der Verkehr der mehrspurigen Ausfallstraße nach Süden war nur wenige hundert Meter von seiner Pension entfernt. Aber jetzt, nachdem Marie-France das Fenster halb geöffnet hatte, um ein wenig der frischen Morgenluft hereinzulassen, schwoll der Lärm unzähliger Autos an, die offenbar mehrheitlich stadteinwärts fuhren.
Das geräumige Zimmer besaß im Vergleich zu den üblichen Hotelzimmern eine kleine Kochnische mit einem kleinen Tresen, an dem er morgens seinen ersten Kaffee zu sich nahm.
Seeberg hatte bewusst eine dieser neueren Hotelformen, wie man sie jetzt öfter finden konnte, gewählt. Wichtig war ihm Sauberkeit und ein fairer Preis. Sein Gehalt als Assistent war anfangs nicht so üppig, sodass er keine Gedanken an eine Wohnung verschwendete. Und überhaupt wusste er nicht, ob er

in dem Forscherteam willkommen sei und wie sich seine Zeit dort entwickeln würde. Zudem hatte er die Pension unter dem Aspekt ausgesucht, dass er das Institut der Pharmazie bequem zu Fuß erreichen konnte. Er musste nur einige Meter der Rue Jacqueline Vernier folgen und dann in die Rue Jean d'Aulan einbiegen. Sie führte ihn dann geradewegs, nachdem er die Rue du Géneral Koenig überquert hatte, zum Centre-Hospitalier der Universität.

Im Nordwesten dieses riesigen Komplexes lag das Pharmazie-Institut UFR (Unité de Formation et de Recherche), was ebenfalls zur Universität gehörte. Hier arbeitete er seit Monaten in einer Forschergruppe, auf die er während seiner Zeit in Aachen aufmerksam geworden war.
Der glückliche Umstand, dass Aachen und Reims seit 1967 Partnerstädte waren, führte dazu, dass Stellenangebote hier schneller als auf dem üblichen Weg zwischen beiden Universitäten vermittelt werden konnten.
Im Herbst des Jahres 1978 trat Seeberg dann, voll großer Erwartungen, die Stelle als Assistent im Institut der Universität Reims an. Um sein Französisch, das mittlerweile stark durch die Umgangssprache gefärbt war, zu verbessern, belegte er kurz entschlossen einen Sprachkurs, der ihm im Nachhinein große Vorteile brachte. Zukünftig traten nur selten Sprach- und

Verständigungsprobleme an seinem neuen Arbeitsplatz auf.

Er wusste durch seine vielen Frankreichaufenthalte als Schüler und Student, wie angenehm freundlich Franzosen sind, wenn man ihre Sprache, auch mit deutschem Akzent, spricht. Eine Anrede in Deutsch finden viele nicht besonders anziehend. Manche wollen diese Haltung bewusst nicht verbergen, was aber absolut keine typisch Französische Eigenart ist.

Überraschend für ihn war dann seine erste Begegnung mit Marie-France, bei der er sich erst etwa eine Woche nach seinem Arbeitsantritt im Institut vorgestellt hatte. Ein früherer Termin war für die Laborleiterin nicht möglich, da sie sich auf einem Kongress in Marseille befand.

Ihre Begrüßung an diesem Morgen war auffallend herzlich, begleitet von einem ungewöhnlichen Händedruck.

„Bonjour und guten Tag, lieber Herr Seeberg. Seien Sie ganz herzlich willkommen in unserem Institut. Ich wünsche uns eine kollegiale und angenehme Mitarbeit mit Ihnen. Nebenbei hoffen wir natürlich auf eine fruchtbare Kooperation."

Das war eine knappe und klare Begrüßung in Französisch und Deutsch von einer Frau, die offenbar hier das Sagen hatte. Diese Begegnung erlebte er kurz vor 9 Uhr im Treppenhaus zwischen erstem und zweitem Labor.

An ein näheres Kennenlernen war nicht zu denken.
Hier war offensichtlich Zeitdruck angesagt.
Ganz im Gegensatz zu dem Begrüßungszeremoniell vor einer Woche durch den Institutsdirektor, der sich vergeblich bemüht hatte, eine kurze Ansprache zu halten, sich dann aber heillos in die Bedeutung Deutsch-Französischer Freundschaften verstieg und die große Vergangenheit der Städte Reims und Aachen für das aufstrebende Europa, aber ganz besonders für die Aussöhnung zwischen Frankreich und Deutschland.
Franz Seeberg genoss es, als Deutscher so viel Huldigung und Ehre aus französischem Mund entgegenzunehmen, obwohl er dafür noch nichts getan hatte.
„So viel Ehrerbietung kann auch eine Last sein", dachte er. Aber davor fürchtete er sich nicht.
„An deutschen Instituten war der Ton doch wesentlich rauer und direkter.
Lob erhielt man, wenn überhaupt, erst hinterher".

Marie-France Christine d'Alouette, so ihr vollständiger Name. Auf eine Anrede mit Docteur legte sie keinen gesteigerten Wert. Auch benutzte sie den Titel nur dann, wenn sie davon überzeugt war, einer Forderung oder auch einer Bitte den nötigen Nachdruck verleihen zu müssen. Sie war sich ihrer Position und dem Status im Institut sehr bewusst, und von daher störte es sie wenig, wenn sie in kollegialer und freundlicher Absicht mal mit Marie-France, mal mit Christine angesprochen wurde.

Die älteren Assistenten bevorzugten indes die Anrede mit „ Madame d'Alouette". Sie wollten ebenfalls von ihr respektvoll mit „ Monsieur" angesprochen werden. Dabei erlebten sie offenbar das hohe Gefühl, auf einer Ebene mit einer Adligen, gleichwertig kommunizieren zu können. Es gab gewiss einige Kollegen, die es schmerzte, keine solche Karriere hingelegt zu haben, obwohl sie viel besser intrigieren konnten, was aber nicht gerade das Terrain von Marie-France war. Gelegentlich bauten sie ihr kleine Fallen, die sie aber überlegen lächelnd umging.

In der *Marie-France und Christine Fraktion* befanden sich in den Augen dieser Alt-Assistenten nur despektierliche Proleten, obschon sie allesamt erfolgreich ein Hochschulstudium abgeschlossen hatten, aber nur wenig gute Sitten besaßen.

In ihrer Duzerei mit der Laborleiterin sahen die Jung-Assistenten aber eher eine freundschaftlich-kollegiale Beziehung.

Die Alt-Assistenten hingegen betrachteten deren Benehmen als einen Ausdruck beginnender, subversiver Dekadenz. Dagegen wehrten diese sich entschlossen. Auch bei aller Gegensätzlichkeit bestand keine Feindschaft zwischen beiden Lagern. Nur mochte keiner den Umgangston des anderen, was nicht unbedingt mit dem Alter an sich zu tun hatte.

Seeberg besaß ein feines Empfinden für diese Spaltung der Assistentenschaft, die sich offenbar nur in der Anrede ihrer Laborleiterin erahnen ließ.

Er sah sich seit dieser ersten Begegnung mit Marie-France in keiner Zwangslage, zu welcher Seite er sich schlagen sollte. Zweifellos stellten die jüngeren Assistenten die Gruppe dar, zu der er sich am meisten hingezogen fühlte. Auch gefiel ihm ganz besonders der legere Umgangston, den er so nicht vermutet hatte. Eine Subversion von Seiten der Jung-Assistenten konnte er nicht erkennen.

    Obwohl erst vier Tage vergangen waren, konnte sich Seeberg einfach nicht mehr daran erinnern, wie Marie- France sich ihm vorgestellt hatte und ob überhaupt über eine Form der Anrede gesprochen wurde. Alles war zu schnell gegangen, und ihr Erscheinen hatte ihn derart stark und nachhaltig beeindruckt, dass er nahezu alles von dieser ersten Begegnung vergessen hatte.
Momente, die man auch im Nachhinein nicht begreifen und demnach auch schwerlich erklären

kann, bilden ein Reservoir an Gedanken und Erinnerungen, mit denen wir uns ziemlich lange beschäftigen.
Begegnungen mit einem Menschen, den wir bisher nicht kannten, können uns auf Anhieb sehr viel an Sympathie und Liebenswürdigkeit vermitteln, oder auch das Gegenteil.
So die Situation für Franz Seeberg an jenem Morgen.
Nach seinem ersten Kontakt mit Marie-France empfand er das große Glück, gerade dieser Person begegnet zu sein. Er war von Anfang an ihrem Charme, der von einer unverfälschten Herzlichkeit begleitet war, erlegen.
Zählte er sich doch eher zu den Vertretern der nüchternen Wissenschaft, so wurde er an jenem Morgen ein wehrloses Opfer seiner Gefühle.
Gewehrt hatte er sich nicht!
Sich zu verlieben war für ihn bisher ein Prozess, der sich aus einer mehr oder weniger langen Phase von Begegnungen entwickeln konnte. Am Ende würde dann in der Regel eine Verliebtheit warten.
Diesen Weg kannte er.
Aber der jetzige Zustand stellte seine bisherigen Liebeserfahrungen komplett auf den Kopf.
„Verrückter könnte es nicht sein, und logisch ist es überhaupt nicht",
stellte er in seiner bekannt nüchternen Betrachtungsweise fest.

Zwei Gedanken beschäftigten ihn seither unablässig:
Zum einen könnte er diesen Gefühlsausbruch schnell wieder vergessen, und sich vornehmlich seiner Arbeit widmen.
Der zweite Gedanke erschien ihm allerdings wesentlich reizvoller aber auch gefährlicher. Danach wollte er seinen Gefühlen zu dieser Frau freien Lauf lassen, soweit dies vertretbar wäre.
Seeberg spürte, wie in ihm dieses unwiderstehliche Gefühl des berauschenden Verliebtseins förmlich explodierte, denn diese Hochstimmung hatte keine Vorlaufzeit, keine Entwicklung und erst recht keine Bemühungen gebraucht.
Sie war einfach von Beginn an da - und behauptete sich!
Ungefragt ,unerwartet, aber nicht unerwünscht.
Und so machte er sich Gedanken, wie er diesen ungesteuerten Vorgang doch in einen kontrollierten Prozess überführen könnte.
Mit dem Begriff „Liebe" wollte Seeberg noch vorsichtig sein.
Ihm war jetzt klar geworden, dass er sich seit Monaten in einem Zustand der Einsamkeit befand, die ihm bis dahin nicht bewusst war. Durch seine Forschungsarbeiten war er in eine Art gefühlsarme Benommenheit geraten. Dabei bemerkte er nicht, wie sehr er seine Freundin Ingrid vernachlässigt hatte, und so war die Trennung von ihr unabwendbar.

Jetzt, während der Begegnung mit Marie France fühlte er sich seltsam, angenehm verwundet, und dieses vermeintliche Trauma riss ihn aus seiner jetzigen Verfassung.
Alles war schlagartig in klares Licht getaucht. Nichts und niemand konnte diese Stille stören, in der er, wenn auch nur für kurze Zeit dieses unbeschreibliche Glücksgefühl erlebte.

Kapitel 3

Philippe Berger, ein etwa gleichaltriger Assistent, wurde ihm als direkter Mitarbeiter innerhalb einer bestimmten Forschergruppe zugeteilt, da man nicht genau wusste, wie gut oder schlecht Seebergs Sprachkenntnisse seien.
Philippe war Elsässer und stammte aus einem kleinen Dorf nördlich von Colmar. Studiert hatte er in Strassbourg sowie vier Semester in Freiburg. Demnach war die Erwartung groß, dass seine Zweisprachigkeit Garant sein könnte, etwaige Kommunikationsprobleme zu lösen. Des Öfteren diskutierten die beiden in einer Mischung aus Deutsch und Französisch, was auch immer wieder zur Erheiterung der übrigen Assistenten beitrug.
Seeberg, der wie Berger einer Weinregion entstammte, war wie dieser einer der wenigen, die Ende der 1960er Jahre eine Universität besucht hatten. Außer dieser Gemeinsamkeit war es noch ihre Weinverbundenheit und die Liebe zur Provinz, die sie teilten.

Beide fühlten sich auf vielen Ebenen sehr nah, und schnell erwuchs eine freundschaftliche Beziehung zwischen ihnen.

Am Tag 12 nach seiner Anstellung fand Seeberg
morgens schon beim Arbeitsantritt einen Briefbogen
auf seinem Arbeitsplatz.
Der Briefkopf war der des Instituts mit der Adresse
der Laborleiterin. Ganz knapp und deutlich war er auf
Französisch verfasst:
„Cher M. Seeberg, erwarte Sie heute gegen 11 Uhr in
meinem Bureau.
Dr. Marie-France d'Alouette"
Seeberg dachte nach, mehr noch über die Art der
Anrede als über den Grund des Vorsprechens.
Mit der nüchternen Anrede „Cher" konnte er zu
diesem Zeitpunkt nicht viel anfangen. Hätte sie doch
anstatt des prosaischen „Cher", ein zartes „mon Cher"
gewählt, dann hätte Seeberg nicht den leichten Anflug
von Enttäuschung verbergen müssen.
Natürlich konnte er nach so einer kurzen Begegnung
keine solche freundschaftliche Anrede erwarten, aber
gewünscht hatte er sich diese Annäherung schon.
„Was für ein alberner Gedankengang",
sagte er sich.
Nur, wie sollte er sie jetzt anreden?
Ihm fehlte komplett die Erinnerung daran, wie sie sich
ihm vorgestellt hatte.
Hier konnte ihm nur noch Philippe in elsässisch-
deutscher Freundschaft Hilfestellung geben. Kein
anderes Volk hat in seiner wechselvollen Geschichte
so oft sein Vokabular zwischen Deutsch und

Französisch gewechselt wie diese Linksrheinischen, und sie sind dabei nicht untergegangen. Also war hier erfahrene elsässische Diplomatie gefragt.
Die Strategie erwies sich als denkbar einfach.
„Nun, sie ist unsere Chefin. Sie hat dich gerufen.
Sie will sicherlich etwas von dir wissen. Also Ruhe bewahren und zuhören. Alles andere wird sich dann von selbst ergeben."
Das waren die weisen Worte eines Elsässers!
„Darauf hätte ja auch ein Deutscher kommen können",
dachte sich Seeberg.
An diesem Morgen hatte er keinen Nerv mehr, eine neue Versuchsreihe zu beginnen, sodass er sich damit beschäftigte, in den bisherigen Dokumenten etwaige Fehler zu suchen um diese dann zu korrigieren. Kurz vor 11 Uhr betrat er das Vorzimmer von Marie-France.
Ihre Sekretärin, Madame Arras, den Namen konnte man sich gut merken. Eine Mittvierzigerin, gut gekleidet in einem dunkelblauen Rock und einer hellblauen Bluse, deren oberste zwei Knöpfe sie offen trug. Im Dekolleté glitt an einem feinen Venezianer-Goldkettchen ein schlichtes Kreuz, das bei jeder Bewegung seine Position veränderte und dadurch ziemlich taktlose Blicke auf sich ziehen konnte.
Dies war sicherlich von Madame Arras nicht gewollt.

Aber bei manchen Herren der Schöpfung konnte sie schon in deren Augen eine aufdringliche Indiskretion erkennen.
Nicht so bei Franz Seeberg!
Beim Anblick des Kreuzes erinnerte er sich an den Tag seiner ersten heiligen Kommunion. Elisabeth, seine damalige Freundin, trug an diesem Tag auch ein ebenso zartes Kreuz, jedoch über einem weißen Kommunionkleid.
Seeberg selbst hätte damals gerne auch solch ein Kreuz getragen. Stattdessen wurde ihm und den anderen Jungs ein, in ihren Augen, alberner Strauß ans Anzugrevers geheftet. Dabei wären auch sie stolz gewesen, sich mit einem Kreuz zu ihrem Glauben zu bekennen.
Aber die Erwachsenen konnten oder wollten ihre Wünsche nicht verstehen.
„Auch so ein Mosaikstein des sich Nichtverstehens", dachte Seeberg.
Madame Arras trug dieses Kreuz möglicherweise nur als Schmuck auf der nackten Haut, die, leicht gebräunt, einen ziemlich erotisierenden Kontrast zu dem goldenen Schmuck bot.
Er konnte so schnell nicht einschätzen:
War es Überzeugung, war es nur Schmuck oder war es beides, was da im aufreizenden Dekolleté baumelte?
Dies zu ergründen, hätte längerer Gespräche bedurft, die zudem sehr persönlich sein müssten.

Eigentlich verlangte das Bild nach Interpretation. Seeberg wollte jetzt keine weiteren Gedanken daran verschwenden, denn er musste sich für die kommende Begegnung mit Marie-France sammeln.

Madame Arras beherrschte das zarte, unaufdringliche, aber doch gut zu hörende Klopfen an der Tür zur Laborleiterin. Nach einem deutlichen „Entrez!" aus dem Innern öffnete die Sekretärin die Tür einen Spalt weit und sagte in einem angenehmen Tonfall:
„Monsieur Seeberg, für Sie, Madame."
Dann trat sie etwas zurück und gab dem Deutschen den Weg frei.

Seeberg setzte einen Schritt ins Zimmer, und seinem vor Erstaunen leicht geöffneten Mund entglitt ein leises, aber doch gut vernehmbares „Oohh".
Anstatt eines Arbeitszimmers mit schwerer Tapete, Holztäfelung an den Wänden, einem großen Schreibtisch aus Edelholz, dazu die passenden Sessel, sah er lediglich einen der üblichen Labortische mit roten Kacheln. Darauf waren all die ihm wohlbekannten Geräte wie Mikroskope, Zentrifugen, Reagenzien und verschiedene Inkubatoren angeordnet. An den Wänden hingen mehrere Tafeln mit allerlei Formeln. Zum Glück gab es zwei Stühle, wie Seeberg schnell feststellte, sodass nicht einer von

ihnen stehen musste. Seine Überraschung über das,
was sich ihm da bot, war so groß, dass er die
elsässische Strategie vollkommen vergessen hatte
und sofort zu reden begann:
„So hatte ich mir das Arbeitszimmer einer
Laborleiterin nicht vorgestellt",
sprudelte es aus ihm heraus.
Als er es gesagt hatte, merkte er, wie unpassend und
dämlich diese Äußerung war.
Er war ja nicht eingeladen worden, um die Einrichtung
seiner Chefin zu begutachten.
Was sollte auch diese Äußerung.
Keiner wollte wissen, wie Deutsche sich französische
Arbeitszimmer vorstellen.
Plumper konnte sein erster Auftritt nicht ausfallen,
und voller Angst, die nächste Blamage zu riskieren,
verstummte er abrupt. Er war sich nicht sicher, ob er
sich für diese Äußerung entschuldigen sollte, aber er
hatte ja noch keine Bewertung des Interieurs
abgegeben. Also dachte er, eine Entschuldigung ließe
womöglich den Schluss zu, dass er die ganze
Einrichtung als nicht passend oder gar schäbig
ansehen würde.
So entschied er sich für ein ausgedehntes Schweigen,
das dann sehr elegant und souverän von Marie-France
unterbrochen wurde.
Sie ging auf ihn zu, streckte ihm die Hand entgegen
und sagte mit einem kleinen Lächeln:

„Ich bin Marie-France. Manchen gefällt auch mein zweiter Vorname Christine.
Auf meine Anregung duzen wir uns hier alle im Institut, oh pardon, fast alle, bis auf die *Altherren Riege*. Das sind etwa fünf der älteren Assistenten, die eigentümlicher weise eine Gruppe für sich bilden. Ohne irgendeine persönliche Bindung zu den Jüngeren. Sie arbeiten uneingeschränkt korrekt mit uns zusammen, aber mehr tut sich bedauerlicherweise nicht. Mir ist schon die Bedeutung der Anrede, besonders in der Arbeitswelt, bewusst, und man sollte die Duzerei nicht mit Vertrautheit verwechseln, auch wenn dies in bestimmten Kreisen als rhetorischer Ritterschlag gesehen wird. Wir arbeiten hier in einem Kollegium, und als Chefin kann und will ich auch nicht ein distanziertes Alleinstellungsmerkmal gegenüber meinen Kollegen aufbauen, aber auch keine Nähe vermitteln, die nicht existiert. Ich bin die einzige Vermittlerin zwischen beiden Lagern, und ich gehe mal davon aus, dass wir dich im Kreise der jüngeren Assistenten begrüßen dürfen."
Mit einem kurzen, aber festen Händedruck bekräftigte sie ihre kleine Willkommensansprache.

Nun sah Seeberg die Möglichkeit gekommen, seinen Schaden wiedergutzumachen.
„Zunächst einmal, ich bin der Franz!
Die Äußerung eben war einfach nur ein Ausdruck

meiner Überraschung, denn deutsche Laborleiter beziehen in der Regel zuerst einmal ein großes Zimmer, eingerichtet mit hochwertigen Möbeln, weil ihnen dies per Verordnung zusteht. Was sie fachlich können, steht auf einem anderen Blatt. Und ich freue mich auf die Arbeit in einer so bekannten Forschergruppe und noch mehr mit solch einer jungen und netten Chefin."

Er war von Beginn an fasziniert von dieser Frau. Wie gerne hätte er ihr jetzt noch gesagt, wie attraktiv und reizend, ja sogar aufreizend er sie fand. Doch zu viel Schmeichelei wäre distanz- und geschmacklos. Aber so konnte er nun wirklich kein zweites Mal mit der Tür ins Haus fallen.

Hier kam ihm die urgermanische Tugend der Selbstbeherrschung zugute, die schon Tacitus in seiner „Germania" ausführlich beschrieben hatte.

So *„durfte man den Fremdling nicht mit Fragen bestürmen. Man verschloss seine Gedanken und Gefühle in der Brust. Ernst, Schweigsamkeit und Schwermut lagen über die Gesichter gebreitet. Sie verrieten keine innere Bewegung, keine ergriffene Anteilnahme."*

Seine Vorfahren hatten das Leben mit ruhigem, nüchternem Sinn gesehen. Diese Eigenschaften fielen den lebhaften und redefrohen Südländern auf, und sie werteten sie als Stumpfheit und Gefühlsarmut. Aber dies bewies nur ihre mangelnde Menschenkenntnis. Denn *die gleichmütige Unbewegtheit war strenge Selbstzucht,*

die mit großer Willensanspannung die innere Glut niederhielt.
Und von Minute zu Minute, seit Seeberg mit Marie-France im Gespräch war, spürte er diese innere Glut, die sich immer weiter in ihm ausbreitete.
Aber der Deutsche hatte diese Glut noch fest im Griff.
Nachdem beide auf den unbequemen Holzhockern Platz genommen hatten, ergriff Marie-France jetzt wieder das Wort:
„Ich habe vor einigen Monaten eine wissenschaftliche Abhandlung von dir gelesen. In manchen Passagen fand ich viele Punkte, worin auch unser Forschungsinteresse seit Jahren besteht, somit könnte ich mir vorstellen, dass wir eine Gruppe von maximal vier Leuten bilden, die sich im Kernbereich mit dieser Arbeit beschäftigt.
Mit deiner Erfahrung und dem Wissensvorsprung auf dem Gebiet wäre dies sicherlich ein großer Gewinn für uns beide. Dem Institut wurde eine, sagen wir mal, angenehme Summe an Fördergeldern vom Gesundheitsministerium zur Verfügung gestellt.
Man zeigte sich hier sehr großzügig.
Überleg dir das einmal. Ansonsten läuft hier alles mehr oder weniger in einer wenig aufgeregten Routine-Diagnostik ab."
Das war es also, was sie wissen wollte, dachte Seeberg.
„Das hört sich doch sehr interessant an",
bemerkte er dann laut. Nach einer kleinen Pause

verfiel er in einen ernsteren Ton:
„Allerdings sehe ich ein Problem darin, dass ein Teil meiner Arbeit auch in einer Gruppe entwickelt wurde und dass ich zunächst einmal mit den ehemaligen Kollegen abklären muss, inwieweit ich auf diese Arbeiten und Ergebnisse zurückgreifen darf. Das muss ich natürlich mit den Institutskollegen in Aachen klären."
„Kein Problem",
entgegnete Marie-France,
„das verstehe ich doch. Aber eine Bitte. Vorerst noch kein Wort zu den Assistenten darüber!"
„Sie, oh pardon, Du kannst dich auf mich verlassen", antwortete er mit fester Stimme und drückte dabei ihre Hand.
Sie spürte einen festen, und auch emotionalen Griff. Mit ihm übertrug er ihr eine Gewissheit, dass sie hier den Beginn einer ganz besonderen Freundschaft erwarten könnte.
Das war unverwechselbar der typische Handschlag, mit dem schon die alten Deutschen ihre Verträge symbolkräftig unterzeichneten, und auf den konnte sie sich verlassen.
Aber dann war da noch mehr zu spüren in diesem sonderbaren Händedruck, etwas, was sie stark berührte, nur wusste sie es noch nicht zuzuordnen. Diese scheinbar gleichmütige Unbewegtheit seines Gesichtsausdrucks konnte sie schwerlich mit der

Besonderheit dieses Teils bestimmenden, teils sehr empfindsamen Händedrucks in Einklang bringen.

Seeberg ahnte nicht, wie stark und intensiv er seine Gefühle für diese Frau mit diesem kurzen Händedruck übertragen hatte.

Stundenlange Reden und abgegriffene Komplimente konnten nicht standhalten gegen die Wucht dieses Blitzstrahls, denn länger dauerte der Händedruck nicht.
Er bemerkte jetzt zum ersten Mal eine kleine Unsicherheit bei Marie-France, die er bisher nicht wahrgenommen hatte.
Während der gesamten Begegnung hatte sie sich sehr diszipliniert im Sprechen und in ihrer Attitüde gezeigt. Keineswegs hochtrabend oder gar gestelzt waren ihre Ausführungen, die mittlerweile mehr als eine Stunde dauerten. Sie beherrschte die Situationen bisher absolut souverän. Seeberg hatte nicht im Geringsten die Absicht, sie in Verlegenheit zu bringen. Dennoch war es ihm, völlig ungewollt, für einige Sekunden gelungen.

Marie-France räusperte sich kurz, was Seeberg sofort als Zeichen eines kleinen Unbehagens wertete, dann entließ sie ihn mit den Worten:
„Vielen Dank für das offene Gespräch und die guten Absichten. Wir sehen uns dann wieder, wenn du die

Aachener Angelegenheiten geklärt hast. Und verlier bitte keine Zeit, au revoir."

In dem engen Labor standen drei große Kartons mit Reagenzien, die eine Passage durch den schon schmalen Flur noch schwieriger machten. Hier kam sie ihm unausweichlich auf dem Weg zur Tür kurzfristig sehr nahe. Gerne hätte er jetzt die Zeit angehalten, denn gleichzeitig zu ihrem Parfum verspürte er ihre Körperwärme, wenn auch noch eine Handbreite an Distanz zwischen ihnen lag.
Im Vorbeigehen registrierte er sekundenschnell so viele Details von ihr, wie er nur aufnehmen konnte, denn ein nächstes Treffen für die beiden war so schnell nicht absehbar.
Ihm fiel jetzt auf, dass sie etwa um einen Kopf kleiner sein könnte als er, denn als sie ihm auf dem Hocker gegenüber saß, hatte sie die Beine übereinandergeschlagen, und dabei fielen ihm die Schuhe auf, deren Absatzhöhe er auf mindestens zehn Zentimeter schätzte.
Von Schuhen verstand er nicht viel, aber hier stellte er schnell fest, dass dies keine Billigware sein konnte, obwohl der Schuh sehr klar, er würde sagen, schlicht und ohne jede Ausschmückung gearbeitet war. Das dunkle Rot wirkte nicht aufdringlich, aber es lenkte doch den Blick auf den Fuß und somit auch auf ihre Beine, die zwar schlank, aber mit gut ausgeprägter

Wadenmuskulatur eine gewisse Spannung zu der
Eleganz des Schuhs herstellten.
Dessen war sie sich bewusst. Das hatte er schon
bemerkt, als sie auf dem Hocker die Beine
übereinander geschlagen hatte. Unter ihrem weißen
Laborkittel konnte er Teile eines dunkelblauen Rocks
erkennen, der aber nicht mehr die Knie bedeckte. Eine
unregelmäßig begrenzte größere Narbe, er schätzte so
etwa drei bis vier Zentimeter, verlief schräg über der
linken Kniescheibe. Sie gab sich keine Mühe, diese
ältere Verletzung, möglicherweise aus der Kindheit, zu
verbergen, denn dieses kleine Mal gehörte offenbar
schon sehr lange zu ihr und beeinträchtigte ihre
Attraktivität überhaupt nicht.
Ihr Becken war, soweit er es unter dem Kittel
einschätzen konnte, offenbar nicht wesentlich anders
als das der meisten Frauen, und ihr Busen trat auch
nicht sonderlich hervor. An dem etwas kräftigen Hals
trug sie eine Bernsteinkette, wie man sie nicht sehr oft
in Frankreich sieht. Ihr Gesicht war eher eben, mit nur
leicht erhabenen Wangenknochen. Darüber tiefblaue
Augen mit einem aufmerksamen Blick, als ob sie dabei
wären, einen Reaktionsablauf im Labor prüfend zu
verfolgen. Seeberg empfand diesen Blick überhaupt
nicht unangenehm, denn er glaubte und wünschte
sich, darin ein Interesse an seiner Person zu sehen.
Ein gelangweilter oder gar nichtssagender Blick von
ihr hätte ihn zu dieser Zeit sicherlich tief getroffen. Ihr

blondes Haar trug sie offen und die Spitzen berührten gerade so die Schultern. Nur kleine Wellen gaben der Frisur eine Weichheit, die dem hübschen Gesicht einen passenden Rahmen gab. Der Mittelscheitel unterstrich zudem ihre Ausgewogenheit und Seeberg glaubte, einen Ausdruck von Zufriedenheit auf ihrem Gesicht zu erkennen.

Fast beschwingt war er auf dem Rückweg im Vorzimmer bei Madame Arras angekommen, als diese ihm mit ausgestreckter Hand entgegentrat und ihn auch noch ganz herzlich als Mitarbeiter begrüßte. Ihm war nicht entgangen, dass diese äußerst anmutige Person die schmückende Ergänzung zu ihrer Chefin bildete. Der Händedruck mit ihr war kurz und fest. Doch hier strömten nicht die Emotionen wie kurz zuvor bei Marie-France, zumindest nicht von seiner Seite.
„Bestimmt ganz gut so",
dachte sich Seeberg,
„sonst kommt es möglicherweise nur noch zu unbeabsichtigten delikaten Verwicklungen."
Da Madame Arras bei der Begrüßung sehr nahe an ihn herangetreten war, entdeckte sie auf seinem Jackett ein langes blondes Haar, das sicherlich von Marie-France stammte, als die beiden sich in dem engen Laborflur begegnet waren.
„Pardon Monsieur Seeberg, Sie erlauben?"

Dabei entfernte sie gekonnt, man könnte sagen, fast unauffällig das Haar. Offenbar hatte sie hierin Erfahrung.
„Bestimmt hat sie einen Liebhaber",
dachte Seeberg,
„sonst würde sie nicht auf solche Details achten und zudem so gekonnt verdächtige Indizien entfernen."
Aber dieser perfide Gedanke hatte seinen Grund in der Enttäuschung, dass diese Frau, aus welchen Gründen auch immer, ihn um sein erstes Erinnerungsstück an Marie-France gebracht hatte. Danach empfand er sich sehr egoistisch und ungerecht.
So wollte er eigentlich nicht sein.

Kapitel 4

Schon seit seiner ersten Begegnung mit Marie-France hatte er sich zutiefst in sie verliebt. Dieses Gefühl war anders und irgendwie spannender, als er das von seinen früheren Beziehungen kannte.
Allerdings sagte er sich hin und wieder:
„Das ist, wie so oft, eine Laune, die nach einigen Wochen wieder vergehen wird, sie hat möglicherweise keine Zukunft."
Er kannte diese Gefühlswallungen, die wirklich nichts Untypisches bei jüngeren Männern sind, wenn sie einer jungen attraktiven Frau begegnen.
Mittlerweile war Seeberg mit seinen 33 Jahren nicht mehr so jung, wie er eigentlich seiner Erscheinung nach wirkte, denn sein früher gut trainierter Körper, den er sich über Jahre hinweg in einem Vierer-Ruderboot bei endlosen Fahrten auf dem Rhein zwangsläufig erarbeitet hatte, gab ihm immer noch eine straffe Haltung, und sein Gang war fest und kraftvoll. Mit seinen 1,84 m Größe waren ihm seine 95 kg nicht zu viel, wie er oft bekennen musste.
Seine Jugendlichkeit wurde sicherlich durch seinen gewinnenden Gesichtsausdruck verstärkt. Unter der kräftigen Nase formte ein eher breiter Mund fast immer den Anflug eines Lächelns, das weder

aufdringlich noch den Anschein eines Belächelns in sich trug. Hier kam einem eher ein Ausdruck von positiver Lebenseinstellung und einer nicht berechnenden Freundlichkeit entgegen. Eitelkeiten waren ihm fremd, ja er empfand sie geradezu unerträglich, ganz besonders wenn er diese bei Männern feststellen konnte. Dann konnte ihm schon mal eine despektierliche Äußerung entgleiten, was ihn hinterher wieder maßlos ärgerte.

Dass er aber seit etwa zwei Jahren so gut wie nie ohne Kopfbedeckung das Haus verließ, erklärte er im Winter mit der kalten Luft, im Sommer mit der starken UV-Strahlung, und zwischendrin gab es auch immer wieder andere, teils schwer nachvollziehbare Gründe. Aber das mittlerweile ganzjährliche Verbergen einer beginnenden Glatzenbildung mit unterschiedlichen Hut- und Mützenformen, die mit pedantischer Ordnung ganze Kommoden füllten, durfte nicht als Eitelkeit benannt werden.
Von keinem! Darin war er schon eitel.

Als Seeberg an seinen Arbeitsplatz im Labor zurückgekehrt war, stand Philippe ziemlich angespannt am Labortisch. Er hatte den weißen Kittel bereits aufgeknöpft, um zu zeigen, dass er bereit war, mit Seeberg, der noch im Anzug dastand, das Gespräch und die erste längere Begegnung die dieser mit Marie-

France hatte, ausführlich und an einem zivileren Ort, wie er meinte, fortzusetzen.
Dazu wählten sie ein bevorzugtes Bistro, das schon etwas weiter stadteinwärts lag. Nachdem sie die Kollegen informiert hatten, dass man kurz einen Imbiss nehmen wolle, verließen sie das Labor und gingen durch mehrere kleinere Straßen Richtung Cité. Dem glücklichen Umstand geschuldet, dass sie alleine waren, sah Philippe die Möglichkeit, sofort nach der Begegnung zu fragen, denn im Bistro konnte es durchaus sein, dass man doch den einen oder anderen Mitarbeiter traf, den man ja auf keinen Fall meiden durfte, damit nicht noch wirre Gedanken an alte deutsch–elsässische Brüderschaft Nahrung finden könnten. Aber man wollte ja unbedingt unter sich sein.
Vorweg, sie hatten Glück an diesem Mittag.
Kein Franzose ihres Instituts war sichtbar. Dennoch vereinbarten sie, die Unterredung auf Deutsch zu führen. Das schien den beiden sicherer. Seeberg, der sich immer noch in einer Art Liebesrausch befand, konnte sich weder die große Neugier noch die Geheimniskrämerei des Elsässers erklären.
Dieser bombardierte ihn förmlich mit Fragen:
„Na, und was hat sie von dir gewollt?
Was hat sie gefragt?
Was hast du gesagt?
Und wie findest du sie?
Hast du ihre Beine gesehen?

Und ihren Po!"
„Was soll all diese ziemlich verworrene, aber dennoch gezielte Fragerei",
dachte Seeberg.
„Ist er vielleicht in sie verliebt, oder was sollen die Fragen nach Po und Beinen?"
Nach kurzer Überlegung antwortete er:
„Also, mein Lieber, zunächst, ihre Beine sind mit Ausnahme einer hässlichen Narbe am linken Knie schon in Ordnung. Und über ihren Po kann und will ich auch nichts sagen, denn der war unter dem Kittel versteckt. Ansonsten haben wir uns nur über meine bisherige Arbeit in Aachen unterhalten und worin meine jetzigen Forschungsaktivitäten bestehen. Privates, wie du es offenbar vermutest, haben wir überhaupt nicht besprochen. Ich weiß noch nicht einmal, woher sie kommt, wie alt sie ist, ob sie ledig ist oder verheiratet oder weiß Gott auch wie viele Kinder sie hat. Es scheint, dass all dies dich mächtig interessiert."
Seeberg wollte auf keinen Fall den Verdacht aufkommen lassen, wie sehr er sich auf Anhieb in diese Frau verliebt hatte, auch wenn es möglicherweise nur eine einseitige Sache war. Aber mit diesem letzten Satz, den er geschickt, quasi als Nebensatz formuliert hatte, erhoffte er ganz gezielt jene Informationen von Philippe zu erhalten, die er nur so als beiläufig anklingen ließ, da ihm mittlerweile kein Wissen

genügte, das er über diese Frau erfahren konnte.
Seine Rechnung ging auf.
Zwischenzeitlich hatten sie in *ihrem Bistro*, das wirklich das beste in diesem Viertel war, an einem der kleinen runden Tische, dieses Mal weiter hinten, fast am Ausgang zu den Toiletten, Platz genommen. Dieser Teil des Bistros wurde nur selten aufgesucht, so auch heute, denn die Nähe zu den Toilettenausgängen mag ja hin und wieder ganz zweckmäßig sein, aber der Nachteil einer anhaltend beißenden Geruchsbelästigung überwog doch bei den meisten Gästen, und nur sehr Hungrige oder Ortsfremde kamen in die Verlegenheit, dort zu essen.
Die beiden Laboranten bestellten je einen Chablis, obwohl sie schon lieber einen Riesling aus dem Elsass oder Rheinhessen, der Heimat von Seeberg, getrunken hätten. Aber das wollten sie den Franzosen und insbesondere dieser Weinregion nicht antun.
„Man trinkt ja auch keinen Bordeaux an der Mosel", bemerkte Seeberg, als sie sich zuprosteten.
„Du weißt aber, dass die Moselle sehr wohl lange durch Frankreich fließt, und da wird man auch einen Bordeaux zu schätzen wissen",
entgegnete Philippe mit einem erheiternden Lächeln. Hier war er wieder ganz der Franzose.
„Nun zu Marie-France. Wie findest du sie?",
wollte Philippe erneut wissen.
„Was kann ich denn, nach nur zwei kurzen

Begegnungen sagen?"
Seeberg machte eine kurze Pause, nippte an seinem
Wein und überlegte gut, wie er Formulierungen finden
könnte, die zum einen nicht zu neutral waren, denn
das wäre auch suspekt. Zum anderen durfte die
Empathie, die er für diese Frau hatte, nur wohl dosiert
anklingen, denn er wusste immer noch nicht, wie die
Gefühle des Elsässers zu ihr waren.
Möglicherweise war es ihm wie Seeberg ergangen, dass
er sich in sie verliebt hatte, aber diese Liebe nicht von
ihr erwidert wurde.
Bevor das Gespräch in Allgemeinheiten abzudriften
drohte, weil Seeberg die Situation nicht einschätzen
konnte, entschloss er sich die Initiative in einer
vorsichtigen Fragestellung zu ergreifen, ohne dabei
sein Gegenüber zu brüskieren. Das könnte das
abrupte Ende ihres Treffens nach sich ziehen,
befürchtete er.
„Ich habe den Eindruck, als hätte dich der Charme
unserer Chefin schon in seinen Bann gezogen. Oder
ist es die Bewunderung für ihre Arbeit und Kompe-
tenz, die aus deinen Worten klingt?",
fragte Seeberg in einem sehr ruhigen und freundlichen
Ton. Nichts durfte den Anschein einer Missbilligung
erwecken, weder Wortwahl noch Tonfall.
„Wunderbar hast du das gesagt. Beides ist richtig, aber
manchmal weiß ich nicht, was überwiegt. Weißt du,
sie hat ein enormes Wissen und eine Beharrlichkeit,

mit der sie Ziele verfolgt und Probleme zu lösen sucht.
Beeindruckt bin ich dann auch immer wieder von
ihrem Charme, wie sie Lücken oder Nichtwissen, was
ja absolut keine Schande ist, offenlegt. Nicht wenige
sind dieser Ehrlichkeit wie einem Zauber erlegen.
Aber glaube mir, es ist einfach ihre Aufrichtigkeit, die
viele nicht verstehen können oder wollen. Solche
Situationen klärt sie dann mit einem sanften Lächeln.
Nichts hasst sie mehr als Euphemismen. Und ihr
ausgeprägter wissenschaftlicher Ehrgeiz ist nur schwer
zu bremsen."
Diese Aussage gefiel Seeberg ganz besonders gut, und
er hätte den Satz gerne noch zwei-, dreimal oder noch
öfter hören können.
Hier glaubte er, eine Seelenverwandtschaft zwischen
ihr und ihm herauszuhören.
Dann erinnerte er sich an das Gefühl ihres Hände-
drucks im Labor, diesen momentanen Austausch tiefer
Empfindungen.
„Schnell, gib mir mal deine Hand, Philippe!"
Fast schon stotternd vor Erregung streckte Seeberg
ihm die Hand über den Tisch entgegen.
Philippe Berger, sonst ein eher ausgeglichener und
durchaus ruhiger Zeitgenosse, war sichtlich von der
Aktion seines Gegenübers irritiert, und mit einem
Ausdruck der Verständnislosigkeit reichte er ihm die
Hand.
„Jetzt drück schon zu!",

forderte Seeberg ihn auf. Das Erstaunen auf Philippes Gesicht wurde immer größer. Was sollte er tun?
„Ein Händedruck",
dachte er,
„kann ja nichts Besonderes sein. Es sei denn, man besiegelt irgendeinen Vertrag oder eine Freundschaft. Aber solchen Abmachungen gehen gewöhnlich längere Gespräche voraus."
Nichts von dem konnte sich der elsässische Kopf, der mittlerweile sehr Französisch dachte, aus diesem *neuteutonischen Verhalten* erklären.
„Er wird mir hoffentlich eine Erklärung geben", dachte Berger und wartete.
Nach einem kurzen und kräftigen Händedruck- dabei sah Seeberg fest, aber freundlich in das Gesicht seines Gegenübers- wurden die Hände wieder auf der jeweiligen Tischseite in ihre Ausgangsstellung zurückgenommen.
Philippe wartete auf eine Erklärung. Die Erklärung begann etwas ungewöhnlich mit einer Frage:
„Was hast du eben bei dem Händedruck verspürt? Sei bitte ganz ehrlich!",
forderte Seeberg ihn auf.
„Nun ja, einen kräftigen Druck. Du hast ja wirklich Kraft in deinen Händen."
„Das kommt vom Rudern, musst du wissen", erklärte Seeberg.
„Aber sonst hast Du nichts gespürt?"

Etwas konsterniert fragte Phillipe:
„Ja, was sollte ich denn noch spüren? Du hast vielleicht etwas schweißige Hände, aber ansonsten habe ich in der Tat nichts gespürt."
Seeberg schnalzte kaum hörbar mit der Zunge und hauchte ein langgezogenes „Sehr gut".
Dabei hob er das Glas, und mit einem freundlichen „Santé!" beiderseits berührten sich ihre Gläser.
„Sonderbar",
dachte Philippe,
„die alten Deutschen waren doch sehr diszipliniert und distanziert und weniger auf Annäherung bedacht. Auch traten Gefühlsäußerungen, wenn überhaupt, dann meist in direkter Abhängigkeit zu einem gewissen Promillespiegel in Erscheinung. Aber dabei konnten sie mit einer unbarmherzigen Wucht kommen, der man dann besser aus dem Weg ging. Selbst Tacitus hat in seiner Germania von solchen Begebenheiten zum Teil Schlimmstes von den Germanenvölkern zu berichten gewusst. Nun, kommt dieser neue Deutsche, ein Mann, der über Gefühle reden will, der körperlichen Kontakt nicht nur sucht, sondern fordert, und dies auch noch von einem Elsässer in einem französischen Bistro."
Das musste Philippe erst einmal verdauen.
„Wie ein Schwuler sieht er ja nicht gerade aus", sagte er sich.
„Ein wenig verrückter Einzelgänger? Nein, das war er

sicherlich auch nicht."
Und nach einiger Überlegung war er überzeugt, dass er es mit einem Vertreter dieser neuen Generation Deutscher zu tun haben musste, die vieles an alten, widerwärtigen Konventionen über Bord geworfen hatte und freier und offener mit Menschen anderer Nationalität umzugehen wusste.
So sah sich Philippe wieder einmal in der Verpflichtung, sein Weltbild über seine rechtsrheinischen Nachbarn neu zu überdenken, was ihn seit Jahren beschäftigte. Aber was fand er bei diesem einen kräftigen Händedruck denn so „sehr gut"?
Er überlegte eine Zeitlang, ohne ein Wort zu sprechen. Mittlerweile hatten die beiden den Chablis getrunken und noch eine Flasche Wasser nachgeordert.

Kapitel 5

Monique, ein junges französisches Mädchen aus dem Süden, die der Patron seit einem Jahr als Bedienung beschäftigte, war nicht allein aufgrund ihres reizenden Aussehens verständlicherweise der Publikumsmagnet. Auch ihr Esprit und der lockere, aber niemals distanzlose Umgangston mit den Gästen, gefiel den meisten Bistro-Besuchern. Sie brachte das Wasser und fragte vorsichtig:
„Wollen die Herren heute wirklich nichts essen, auch kein kleines Sandwich?"
Seewald bedankte sich für das Wasser und entschuldigte sich, dass sie heute dem Küchenchef einen Korb geben müssten.
Monique kicherte, drehte sich um und verschwand mit gekonntem Schwenken ihres straffen Hinterns, der in einer viel zu engen Jeans steckte. Sie genoss ihren Auftritt, und er bereitete ihr offensichtlich Freude, denn auf halbem Weg zum Tresen drehte sie kurz den Kopf nach hinten, um zu sehen, auf was sich Männerblicke fixieren.
Sie hatte Recht, und das freute sie erneut.
„Mein Freund",
fing Seeberg bedächtig an,

„mein Verhalten eben mag dich vielleicht irritiert haben. Aber ich kann und darf noch mit niemandem darüber reden, nur so viel vorweg.
Aber du wirst der erste sein, der die Neuigkeit erfährt. Punkt. Ende."
„Er wird sicherlich Vater werden",
dachte Philippe,
„was sonst entlockt einem Mann noch solche Geheimnistuerei.
Aber ist er überhaupt in einer Beziehung?"
Das wusste Berger natürlich nicht.
In der kurzen Zeit, in der Seeberg bei ihnen war, hatten sie vorwiegend über ihre Arbeit und Organisatorisches gesprochen.
So dreist wollte er ja nun wirklich nicht nachfragen.
Ein anderer Grund, und der war ihm viel wichtiger, war die Frage, was Marie-France unter vier Augen mit ihm besprochen hatte.
Das interessierte Berger brennend, denn nachdem der stellvertretende Laborleiter aus gesundheitlichen Gründen ausgeschieden war, wurde Franz Seeberg eingestellt, und gleichzeitig wurde bekanntgegeben, dass die Stelle des stellvertretenden Laborleiters neu besetzt werden müsste.
Hier rechnete sich Berger gute Chancen aus.
Hatte sie dem Deutschen vielleicht schon unter der Hand die Stelle angeboten oder gar schon vermittelt?
Philippe wusste um die fachlichen Qualitäten seines

Gegenübers. Aber ihn vorzuziehen wäre ein ungeheuerlicher Affront, sagte er sich.

Der Gedanke ließ ihn nicht los, und so kam es, dass er in einem Sinkflug von Enttäuschung und Wut über Marie-France all das über sie erzählte, was er an Wahrheit oder Tratsch auf Lager hatte.

„Du musst wissen, was ich eben über Marie-France gesagt habe, ist die eine Seite. Aber es gibt auch eine andere. Sie spricht nicht viel über ihre Kindheit. Nun ja, sie ist noch während des Krieges, ich glaube 1944, geboren. Ihren Vater hat sie nie kennengelernt. Er ist entweder gefallen, oder er wurde von der SS ermordet. Angeblich war er nicht nur Mitglied in der Résistance. Vermutlich war er ein aktiver Maquisard. Ein Grab gibt es, soweit ich weiß, nicht. Bilder und Dokumente seien alle bei einem Bombenangriff der Alliierten verbrannt. Von dieser Attacke rührt auch die Narbe an ihrem linken Knie. Ihre Mutter war Krankenschwester in einem deutschen Militärlazarett, bis dieses aufgelöst wurde. Danach zog sie mit der Kleinen zu ihrem Bruder in die Normandie, wo jener eine Gärtnerei betrieb. Dort wuchs sie ohne Geschwister auf. Ein einsames Einzelkind. Sie absolvierte alle Schulen mit Bravour und studierte zunächst in Lyon, danach mehrere Semester in Marburg, in Deutschland. Daher ihr gutes Deutsch.

Promoviert hat sie dann später in Reims, wo sie innerhalb kurzer Zeit zur Laborleiterin avancierte.

Vieles liegt aber im Verborgenen und ist schwer verständlich.
Besonders merkwürdig ist schon allein die Tatsache: Dass der Vater, angeblich ein Untergrundkämpfer war, und die Mutter gleichzeitig in einem Deutschen Feldlazarett arbeitete. Verstehst Du das?
Ihren Mädchennamen d'Alouette hat sie bisher beibehalten, da sich, soweit ich weiß, noch kein ernsthafter Bewerber an die stille Schönheit herangewagt hat. Sie hat sich mittlerweile ganz der Wissenschaft verschrieben. Aber vielleicht bedarf es erst der Kühnheit eines deutschen Recken, diese Burg zu erstürmen. Oder bist du in anderen festen Händen drüben in Aachen?"
Dies war Philippe ein willkommener Anlass zu erfahren, inwieweit hier eine Beziehung bestand, aus der jetzt möglicherweise Nachwuchs kommen sollte.
Seeberg hatte ihm ganz interessiert zugehört und hätte gerne noch mehr gewusst, aber das hätte Philippe sicherlich stutzig gemacht.
Sein Geheimnis mit ihr sollte noch niemand erfahren, denn er fühlte, dass dies eine besondere Beziehung werden sollte.
Um Philippes Neugier zu befriedigen, stöhnte er: „Ach ja, es gibt da eine Beziehung in Aachen. Aber die ist seit Anfang des Jahres nicht mehr aktuell, da meine Partnerin Ingrid eine Pause braucht, wie sie sagt, die sie aber immer öfter mit einem verheirateten Lehrer

teilt. Ich glaube, mehr muss man dazu nicht zu sagen."
„Also kommt da ein Nachwuchs eher nicht in
Betracht, der solch ein Glücksgefühl auslöst",
sagte sich Philippe, und ihn befiel eine Mischung aus
Mutlosigkeit, Traurigkeit und einer langsam aufsteigenden Wut.
„Hat Marie-France ihm doch die Stelle versprochen?",
fragte er sich insgeheim.
Er stand auf, räusperte sich kurz und sagte:
„Eh bien, mon ami, es wird Zeit, dass wir wieder
zurückgehen."
Seeberg erkannte sofort an seiner leicht gebeugten
Körperhaltung und der fast nur gehauchten Sprache,
dass dieser Mann schwer bedrückt war.
In vielen solcher Fälle half den Deutschen dann ein
Schnaps, zumindest glaubten ganze Regionen daran.
Auf dem Weg zum Tresen, der wie ein großes S
schlangenförmig das halbe Bistro durchschnitt, legte
Seeberg seinen linken Arm um Philippe. Dabei
vermied er mit Bedacht, dass die Hand auf dessen
Schultern zu liegen kam, denn solch eine Geste, so
freundschaftlich sie auch sein mochte, hätte eindeutig
gezeigt, wer der Chef ist.
Dieser Fehler durfte ihm jetzt nicht unterlaufen.
„Philippe, nehmen wir noch einen kleinen Pernod
zum Abschluss. Die Luft da hinten war ja wirklich
dick und schwer erträglich, daher sollten wir uns
nebenbei auch mal mit solch einem Schnaps gründlich

desinfizieren. Was meinst du?"
Philippes Stimmung wurde gleich besser, denn er bemerkte die besondere Achtsamkeit, mit der Seeberg seine momentane Befindlichkeit aufnahm und wie angemessen er reagierte.
An der Kopfseite des großen Marmortresens stand Monique mit dem Rücken zum Tresen, überblickte dabei aber alle Tische. Viele Gäste waren schon gegangen, nur noch vereinzelt saßen wahllos verstreut einige Café- und Pastistrinker, besonders im vorderen Teil des Bistros.
Der *Toiletten-Vorposten* zeigte, nachdem die beiden ihn verlassen hatten, seine übliche gähnende Leere.
Seeberg ging um Monique herum, sodass diese zwischen den beiden Herren stand. Leicht verwundert sah sie nach rechts, dann nach links.
In ihrer kecken, manchmal auch leicht pikanten Art kam sie den beiden zuvor und fragte:
„Möchten die Herren vielleicht doch noch einen kleinen Nachtisch?"
Die Frage nach einem Nachtisch war schon ziemlich provokant, wobei doch beide selbst ein einfaches Sandwich verweigert hatten.
„Aber ja doch, und gerne mit Ihnen",
konterte Seeberg sofort, denn er verstand es ebenfalls, bei Bedarf etwas frivol zu werden. Monique brachten solche harmlosen Äußerungen überhaupt nicht aus der Ruhe. Obwohl sie erst knapp 20 Jahre alt war, hatte sie

schon unzählige und unmögliche Anspielungen gehört, die sie dann oft zum Gelächter der Gäste gekonnt und pointiert parierte.

Hier war sie etwas vorsichtig, denn sie wusste genau, wen sie vor sich hatte und dass hier eine Grenzüberschreitung sicherlich nicht im Sinne des Patron sein konnte. Zudem wusste sie auch nicht, ob sie dem Esprit dieser beiden gewachsen wäre. Darauf wollte sie es erst gar nicht ankommen lassen.

„Und an was hatten die Herren gedacht?"
fragte sie vorsichtig.

„Nun ja, wir würden gerne einen Pastis mit Ihnen trinken, wenn es dem Patron genehm ist."
Jetzt kam Philippe wieder in Fahrt.
Monique antwortete ganz überzeugend:
„Gerne, warum nicht. Man ist nicht so oft in so einer, sagen wir mal, erlesenen Gesellschaft."
Dabei drehte sie die Augen zu Philippe und atmete tief ein, sodass ihr straffer Busen sich aus der Tiefe ihrer Bluse weit nach oben wölbte und sich den beiden, aber bevorzugt Phillipe entgegenstreckte.
Das war jetzt etwas zu viel und schon fast geschmacklos obendrein, dachte Seeberg, und er war ein wenig von ihr enttäuscht.
Viele neutrale Beobachter dieser Szene hätten Moniques Auftritt sicherlich weit nachsichtiger beurteilt.
Philippe hingegen fand diese Art der Animation sehr

erregend, denn das war für ihn zu diesem Zeitpunkt offenbar die richtige Medizin, um ihn aus den Tiefen der nahenden Depression zu retten. Und so erkannte er in der kleinen Monique die große Retterin, die ihn ohne große Worte sehr schnell in ein höheres Stimmungsniveau versetzen konnte. Er war ihrem Reiz erlegen, obwohl diese Art der Animation dem objektiven Betrachter sehr vordergründig vorkommen musste. Aber irgendetwas kam dazu, was man weder sehen noch hören, und erst recht nicht erklären konnte. Es war eine verborgene Faszination die ihn so massiv bannte.

„Gustave, schenk uns bitte mal drei Pernod ein!
Die Herren haben mich eingeladen",
rief sie in fast befehlsartigem aber dennoch höflichen Tonfall hinter den Tresen.
Sie fragte nicht, ob es dem Patron überhaupt gefällt oder ob er es erlaubt, dass sie während ihrer Arbeitszeit Alkohol mit Gästen trinkt. Offenbar erfreute sie sich hier gewisser Privilegien oder möglicherweise hatte sie hier das Sagen überhaupt.

Der Patron war augenscheinlich schon etwas mehr als fünfzig Jahre alt, deutlich übergewichtig und trug einen Schnauzbart, den er immer akkurat geschnitten hatte. Vielleicht sollte dieses Attribut gewichtiger

Männlichkeit von der großen Frontalzahnlücke ablenken, die er nur hin und wieder preisgab, insbesondere dann, wenn ein breites Lächeln über sein gepflegtes Gesicht glitt. Andererseits war sein Haupthaar stark vernachlässigt, fettig und strähnig. Das dauerhaft tief- rote Gesicht verriet einen Bluthochdruck oder gar einen Diabetes. Möglicherweise war er sogar in beiden Entitäten zu Hause. Sein Wesen war ruhig und freundlich, auch gegenüber seinem *Grashüpfer* Monique, wie er sie gern nannte. Er genoss sichtlich ihre Anwesenheit, und so war möglicherweise auch seine Großzügigkeit ihr gegenüber zu erklären. Man spürte, dass diese Gelassenheit und Güte nicht ein Indiz für Schwäche war. Es war mehr.
Seine Frau Antoinette sah man nur sporadisch. Immer dann, wenn sie ihren Kopf durch die offene Klappe streckte, die den Tresen mit der im rückwärtigen Raum befindlichen Küche verband, und einen Teller mit der georderten Kleinigkeit hinstellte.
Die Bestellung laut verkündend und mit einer kleinen Druckklingel dem Grashüpfer ein Zeichen gebend, verschwand sie sofort wieder in ihr Reich, das sie nahezu den ganzen Tag nicht verließ.
Mehr war über Jahre hinweg von Antoinette nicht zu sehen.
Für die Gäste bestand sie nur aus Kopf und Armen, dazwischen präsentierte sie nur zeitweise ein

aufreizendes Dekolleté.
Ihre Sprache hatte sich reduziert auf das Aufrufen von kleinen Gerichten, wobei auch hier die Auswahl sehr begrenzt war.
Im Laufe der Zeit etablierte sich somit eine Kommunikation in Einwortsätzen. Man konnte hier schlecht sagen: „entwickelte".
„Was für ein Leben",
dachte Seeberg.
„Aber es muss doch noch ein Leben daneben oder dahinter geben, wo Gustave seine Antoinette in ihrer ganzen Größe und Schönheit sieht, sie in den Arm nimmt, sie drückt, küsst und mit ihr vielleicht aufs Land fährt und nicht über Sandwiches und Spiegeleier redet."
Bei all diesen Überlegungen hatte er Zeit, sich die innere Fassade des Bistros genauer anzuschauen. Jetzt erst fielen ihm die Besonderheiten des Art Déco auf, die er vorher nicht so umfassend bemerkt hatte, denn gewöhnlich stand er nicht am Tresen. Die Rückwand des Raumes und der Tresen selbst, beide aus Marmor unterschiedlicher Farbe und Herkunft, bildeten zusammen ein Ensemble, wie es nur noch selten in der Stadt zu finden war. Nach dem ersten Weltkrieg, in dem die Stadt zu mehr als 50% zerstört worden war, hatte man die gesamte Innenstadt im Stil des Art Déco wieder errichtet. Gerade dieses Flair machte das Besondere des Bistro *Chez Gustave et Antoinette* aus.

„Nicht die Sandwiches und Spiegeleier der Madame Antoinette und auch nicht die Reize einer Monique. All dies unterliegt in wenigen Jahren der Vergänglichkeit",
dachte Seeberg.
„Ein neuer Küchenchef wird kommen und eine neue Speisekarte kreieren. Monique wird sich bald den hoffentlich Richtigen angeln, und dann wieder zurück in den Süden. Aber diese Kunst der Architekten, ein Werk von höchster Qualität, ausdrucksvoll und vielfältig, wird hoffentlich noch Hunderte von Jahren bestehen und Menschen erfreuen. Alles keine Frage der Zeit."

Die Pernods waren ausgeschenkt und standen auf dem Tresen. Monique füllte ihr Glas mit Wasser auf, was dem Getränk die typisch helle, milchige Farbe verlieh. Man prostete sich zu, und Monique konnte nicht umhin, den beiden Gästen ihre scharfe Beobachtungsgabe preiszugeben.
„Offenbar gehören Sie einem Geheimbund an, in dem man vorwiegend Deutsch redet und in dem man noch Verträge per Handschlag tätigt. Zudem setzt man sich doch nicht freiwillig in die Nähe einer Bistro-Toilette und toleriert die stinkende Zugluft."
Das saß!
Beide Laboranten blickten sich mit großen Augen an. Wie konnte ein so junges Ding, das den Kopf voller

Bestellungen hatte und nebenbei die Animation junger Kerle verfolgte, solche Details wahrnehmen, wo sie doch überzeugt waren, dass ihr Treffen für die meisten Gäste recht unbemerkt ablaufen könnte.
„Meine liebste Monique",
säuselte Philippe.
„Das war doch keine staatsfeindliche Geheimnistuerei oder gar eine Verschwörung, wie Sie es vermuten. Es war ganz einfach ein Gespräch unter Freunden. Und da es auch um Personen, insbesondere um Frauen ging, haben wir die Unterhaltung in Deutsch geführt und bewusst etwas abgeschirmt. Man weiß ja nie, ob und wie jemand ein paar Wortfetzen aufschnappt und damit dann bestimmte Personen kompromittieren könnte. Also versteigen Sie sich nicht in irgendwelche Geheimdienstkommandos. Die operieren sicherlich wesentlich unauffälliger."
Monique schien diese Argumentation zu akzeptieren und entschuldigte sich für ihre Spinnereien, wie sie selbst sagte.
„Aber seltsam war Euer, oh pardon, Ihr Verhalten schon."
Dabei führte sie kurz ihre linke Hand vor den Mund, als Zeichen, dass ihr der Versprecher peinlich wäre.
Was er aber, im Nachhinein betrachtet, sicherlich nicht war.
Es war die pure Absicht.
Philippe sprang sofort auf den Karren auf und stand

dem armen Geschöpf hilfreich beiseite, indem er, fast schon einen Kratzfuß vollführend, ganz galant erklärte:
„Philippe Berger, Assistent am UFR de Médicine et Pharmacie, nicht weit von hier."
„Ich weiß sehr wohl, wo und was das ist",
erklärte Monique. Daraufhin gab er ihr einen zarten Kuss auf je eine Wange und sagte:
„Philippe, einfach nur Philippe."
Unerwartet für beide, umarmte der Grashüpfer nun blitzschnell den Deutschen und küsste ihn auf beide Wangen, dann kam ein weiches:
„Monique", einfach nur Monique",
über ihre Lippen. Seeberg, der es nicht ertrug, wenn er Situationen nicht beherrschte oder wenn sie wie diese völlig aus dem Ruder zu laufen drohten, sammelte sich kurz und antwortete fast sperrig:
„Franz wie Franzos."
Die beiden anderen blickten zuerst etwas verdutzt, aber dann brach ein großes Gelächter unter den Dreien aus. Monique ergriff wieder als erste das Steuer, gab sofort Franz einen Kuss auf den Mund, noch bevor dieser weitere Angaben zu seiner Person und der Anrede loswerden konnte. Dann wandte sie ich an Philippe und küsste ihn ebenfalls auf den Mund, aber länger und wesentlich intensiver als den Deutschen.
„Lasst uns für immer gute Freunde sein",

sagte Philippe mit einem beachtlichen Pathos in der Stimme.
Den Umherstehenden kam die Szene wie eine ziemlich abgehobene, theatralische Aufführung vor. Manche hätten es gar als eine operettenhafte Posse betrachtet.
Daraufhin hoben alle drei die Gläser und prosteten einander zu.
Mittlerweile zeigte die Uhr schon 13.35 Uhr, und man entschloss sich schweren Herzens, diese schöne Zusammenkunft jetzt zu beenden, da die Kollegen sicherlich schon auf die beiden Mitarbeiter warteten.
„Bis bald!",
riefen sie Monique zu, als sie das Lokal verließen.
Den Rückweg zum Labor legten sie in einem sehr schnellen Schritt zurück, sodass ein Gespräch zwischen beiden nicht aufkommen konnte. Zudem waren sie mit ihren Gedanken und Gefühlen in so unterschiedlichen Richtungen orientiert, dass jeder für sich damit klar kommen wollte.
Dieser Tag sollte ihr Leben stark verändern.

Kapitel 6

Im Labor angekommen, erwartete man sie schon mit Ungeduld, denn so eine lange Mittagspause hatte man noch nicht erlebt. Man wollte sogar schon nach ihnen suchen, da die Vermutung nahe lag, dass irgendein Missgeschick passiert sein könnte.
Als die beiden dann wohlbehalten und in guter Stimmung ihren Arbeitsplatz wieder eingenommen hatten, war die Erleichterung sichtlich groß, denn der Abschnitt der Versuchsreihe, an dem sie arbeiteten, war von zentraler Bedeutung. Ein Stillstand hier über Wochen und Monate wäre einer kleinen Katastrophe gleichgekommen.
Die kommenden Tage arbeiteten sie sehr konzentriert und auch noch lange abends, da Seeberg die Absicht hatte, so bald wie möglich die Angelegenheiten in Aachen, wie sich Marie-France ausgedrückt hatte, zu erledigen. Dabei meinte er herausgehört zu haben, dass er auch die privaten Dinge ins Reine bringen sollte. Also arbeiteten Philippe und er ein Stück gemeinsam voraus, sodass der Zurückbleibende problemlos alleine die notwendigen Versuche weiterfahren konnte.

Drei Tage vor seiner Abfahrt nach Aachen bat
Seeberg Marie-France um ein kurzes Gespräch, um
ihr mitzuteilen, dass er jetzt die alten Angelegenheiten
erledigen wolle. Er hatte die Absicht, den Begriff die
alten Angelegenheiten zu verwenden, um zu sehen,
inwieweit sie verstand, was er darunter subsumierte.
Claudette Arras erwartete ihn in ihrer gewohnt
höflichen und freundlichen Art im Vorzimmer und
führte ihn sofort zur Tür von Marie-France.
Ein zartes Klopfen, ein deutliches „Entrez!" von
innen und Claudettes sanftes Öffnen der Tür -
nach all dem hatte er sich seit Wochen gesehnt.
"Monsieur Seeberg, für Sie, Madame",
kündigte sie ihn an. Als er den Raum jetzt zum
zweiten Mal betrat, widerfuhr ihm beinahe der gleiche
Lapsus wie bei seinem ersten Besuch. Fast wäre ihm
ein Donnerwetter! entwichen, aber heute hatte er sich
besser im Griff, obwohl es ihm diesmal wesentlich
schwerer fiel. Denn in der rechten Ecke des Labors,
unterhalb eines der vier großen rechteckigen Fenster,
stand jetzt ein heller Schreibtisch, darauf unzählige
Utensilien.
An der linken Ecke hatte sie einen kleinen Farn in
einem dunkelblauen Übertopf aus Keramik drapiert.
Schreibtisch und Blumentopf waren sehr reduziert
gehalten. Auch der Schreibtischsessel davor war ohne
Schnörkel, aber dafür offensichtlich mit hochwertigem
Leder bezogen. Etwas seitlich entdeckte Seeberg, erst

nachdem er näher herangetreten war, einen zweiten, aber niedrigeren Ledersessel im gleichen Stil und mit gleichem Leder.
„Nun, gefällt dir das?",
fragte sie und glitt mit der Hand über den Schreibtisch. Seeberg gab sich Mühe, eine ehrliche Antwort zu finden:
„Besser hätte ich es nicht wählen und arrangieren können!"
Das klang wirklich überzeugend.
Dann ging sie auf ihn zu, streckte ihre Hand zum Gruß aus und drehte gleichzeitig den Kopf leicht nach der linken Seite, was einer Einladung zum „Bise", dem landesüblichen Wangenkuss, gleichkam.
Da hier große Variationen möglich sind, vom leichten oder gar ohne echtem Wangenkontakt, über einen zarten Kuss, bis hin zum kräftigen Schmatzer, entschloss er sich blitzschnell zu einem zärtlichen Kuss und einem festen Händedruck mit all seinen Emotionen wie beim ersten Mal.
Den zweiten Kuss auf die linke Wange hätte er noch gerne wiederholt, denn in dieser Region Frankreichs sind zwei Küsse die Norm. Und wenn Marie-France wirklich aus der Normandie stammte, so ist man dort schon mit einem Kuss am Limit der Gepflogenheiten. Er wollte es ja weiß Gott nicht übertreiben, aber vielleicht hätte er sich als Deutscher ja damit herausreden können, die Tradition des „Bise" noch

nicht so richtig verinnerlicht zu haben. Allerdings, gar so taktlos wollte er doch nicht daherkommen.
Noch mehr als beim ersten Treffen genoss er diese Momente, obwohl er immer noch nicht wusste, wie ihr (!) Empfinden für ihn ausfallen würde. Er glaubte und hoffte eine zunehmende Vertrautheit zu erkennen.
Beide hatten mittlerweile Platz genommen. Marie-France im Schreibtischsessel und Franz im Fauteuil gegenüber. Jetzt erst fiel ihm auf, dass sie ihren Kittel heute nicht zugeknöpft hatte, und ihm bot sich erstmalig der Blick auf große Teile ihres Körpers.
Sie trug einen leichten, dunkelgrauen, einfarbigen Pullover mit einem V- Ausschnitt, darüber die Bernsteinkette, die er schon kannte.
Ein ebenfalls dunkelgrauer Rock endete kurz oberhalb der Knie. Seeberg wartete schon auf den Moment, wenn sie die Beine übereinander schlagen würde und er ihre alte Kriegsverletzung sehen könnte.
Sie ahnte nicht, dass er über diese Geschichte bereits Bescheid wusste. Bevor sie mit ihrer Unterredung begannen, brachte Claudette ein kleines Tablett mit zwei Tassen Espresso, dazu Zucker und je ein Glas Wasser.
„Ich hoffe doch, du trinkst einen Espresso mit mir", sagte sie.
„Aber natürlich",
gab er zur Antwort, doch kam ihm ein „Sehr gerne"

nicht über die Lippen, denn wenn er etwas abscheulich fand, dann war es diese Art von Kaffee.
Unhöflich wollte er aber nicht sein.
Claudette fragte, ob sie noch etwas Gebäck bringen dürfte, woraufhin die beiden sie mit einem:
„Nein, danke",
wieder in ihr Vorzimmer entließen.
Seeberg genoss die Ruhe und das Alleinsein mit Marie-France. Aber er hatte ja um eine Unterredung mit ihr gebeten. Also musste er, schweren Herzens, mit seinen Ausführungen beginnen, die zwangsläufig auch schon das Ende der Begegnung einleiteten. Andererseits konnte das Gespräch mit ihr auch unendlich viele Charakteristika ihrer Person und Denkweise preisgeben, nach denen er sich so sehr sehnte.
Von Mal zu Mal begriff er mehr, dass das Glück in den kleinen Dingen des Lebens steckt und dass es unsinnig ist, das Glück zu jagen, oder auch nur zu hoffen, dass es irgendwann einmal von selbst um die Ecke kommt. Alle Details ihres Sprechens, ihrer Gestik und auch wie sie zuhörte saugte er in sich auf. Nichts, an ihrem Verhalten, was ihn störte oder was er nicht liebte. Zunehmend durchdrungen von ihrer seelischen Wärme spürte er auch eine tiefe Empfindsamkeit ihrer Seele. Mit welchen Sinnen er all diese verschiedenen Eigenschaften wahrnahm konnte er sich nicht erklären. Es war ganz einfach das Gefühl, das Glück.

„In drei Tagen werde ich nach Aachen fahren und dort meine alten Angelegenheiten, beruflich wie auch privat, erledigen",
begann Seeberg das Gespräch. Bewusst hatte er die privaten Angelegenheiten miteinbezogen, um Klarheit herzustellen.
„Ich habe meinen Besuch bereits im Institut angekündigt und um einen Termin beim Institutsdirektor gebeten. Ich möchte dort nicht wie ein Dieb auftauchen und Dokumente einsehen und kopieren, auch wenn es zum Teil meine eigenen Arbeiten sind. Meinen ehemaligen Chef will ich auch in Kenntnis setzen.
Aber möglicherweise hat auch das Institut gewisse Rechte auf meine Arbeiten."
„Das finde ich richtig und anständig. So wäre ich auch vorgegangen",
pflichtete sie ihm bei.
„Details über meine Arbeit hier in Reims werde ich natürlich nicht preisgeben",
sagte er in einem überzeugenden Ton, um der Sache Nachdruck und Verlässlichkeit zu verleihen.
Verlässlichkeit war sowieso eine seiner guten Eigenschaften, die er gerne, auch ungefragt, als typisches Merkmal seiner Person beschrieb.
Man sagte ihm viele Eigenschaften nach.
Eitelkeit gehörte eigentlich nicht dazu.
Diese kleine Eitelkeit jedoch verzieh man ihm, wie die

fast schon albernen Kopfbedeckungen, die er
mittlerweile zu den unmöglichsten Anlässen trug.
Heute hatte er einen dunklen Zweireiher gewählt, den
man in dem etwas dunklen Labor als schwarz ansehen
konnte. Aber bei näherer Betrachtung war es ein tiefes
Blau mit einem feinen, hellblauen Streif. Darunter trug
er ein hellblaues Hemd mit einer dunkelblau und weiß
gestreiften Krawatte. Marie- France gefiel sein
Auftreten, verlieh es ihm doch so etwas wie Klarheit
und Eleganz.
„Ich denke, ich werde nicht länger als drei Tage
brauchen, um das Ganze zu erledigen. Zudem will ich
noch kurz bei meinen Eltern vorbeischauen.
Mein Vater ist mittlerweile schon älter, aber noch
rüstig, und meine Mutter ist ebenfalls noch ganz
aktiv."
Ausführlicher wollte er seine Eltern zu diesem
Zeitpunkt nicht beschreiben, besonders wollte er nicht
näher auf die zeitweise schweren Störungen, die
zwischen Vater und Sohn bestanden, eingehen. Das
Verhältnis zu seiner Mutter hatte sich seit etwa zehn
Jahren zunehmend verschlechtert, sodass einer
anfänglichen Konfrontation eine ziemliche Ablehnung
ihrer Person folgte. Wenn man aber glaubte, dies sei
der Gipfel des Streites, so sah man sich getäuscht. Seit
zwei Jahren war sie ihm nahezu gleichgültig geworden.
Ein immenser Bruch lag zwischen den beiden.

Mit, und um den Vater kämpfte er. Trotz der vielen gegensätzlichen Bewertungen der Geschichte, verband sie doch die gemeinsame Suche nach der Objektivität. Jeder hatte seine eigene Sichtweise der Dinge, wobei sich der Generationsunterschied als das größere Hindernis immer mehr herauskristallisierte.

Nach dem anfänglich eher sachlichen Gespräch unterhielten sie sich noch eine Weile über die Kunst in Reims und wie wunderbar die Innenstadt gestaltet worden war. Persönliche Dinge gab auch Marie-France nicht preis, noch nicht einmal, wo sie wohnte, obwohl er gerne das Gespräch darauf gelenkt hätte.
„Möglicherweise wohnt sie hier im Institut",
dachte er.
„Und warum war sie kein einziges Mal mit ihren Mitarbeitern im Bistro gewesen?"
Ungefähr nach einer Stunde, die für Seeberg wie im Flug verging, verabschiedeten sie sich voneinander, wobei das Zeremoniell des Kusses und des Händedrucks, wie er meinte, unbedingt eingehalten werden müsste. Und so bereitete er sich schon darauf vor, sodass man ihm nicht nachsagen konnte, er hätte die Etikette missachtet.

Kapitel 7

Am kommenden Morgen brach Seeberg mit dem Auto schon kurz vor 6 Uhr auf. Er nahm die A34 Richtung Sedan, fuhr dann durch Belgien über Bastogne und Lüttich, und kurz vor Mittag kam er am Institut in Aachen an. Nicht weit entfernt lag ihr ehemaliges Stammlokal, eher eine Kneipe, die immerhin eine, wenn auch wenig einfallsreiche Speisekarte bereithielt.

Hier trafen sie sich früher mit Assistenten und Studenten benachbarter Fachrichtungen. Gegen 12 Uhr hatte er sich dort mit Gregor Schmitz, einem guten Freund und ehemaligen Arbeitskollegen, verabredet, nicht nur, um die Vorgehensweise im Institut zu besprechen, sondern auch, um in Erinnerungen zu versinken und die alten, wilden Zeiten wieder Revue passieren zu lassen. Unvergessen die wüsten Feten im Studentenwohnheim, bei denen keiner frühmorgens die Feier ohne eine Frau verließ, neben der er dann Stunden später, oft mit einem dicken Kopf aufgrund des erheblichen Bierkonsums wach wurde. Dabei wusste Gregor, der mit Franz die Studenten-Bude teilte, noch von einer Geschichte zu berichten.

Eines Morgens geriet Franz fast in Panik, da er, wie er versicherte, seinen rechten Arm nicht mehr spürte und auch nicht mehr recht bewegen konnte.
Im Arm eine Biologiestudentin aus dem 4. Semester. Das Mädchen lag noch tief im Schlaf. Seeberg schob sie langsam zur Seite und veranstaltete alle möglichen Bewegungen. Gregor, wurde durch diese Aktivitäten wach, ebenso dessen Eroberung der vergangenen Nacht.
„Was soll denn diese Aktion schon so früh am Morgen?",
fragten sie ihn.
„Ich habe kein Gefühl und kaum noch Kraft im Arm",
klagte Seeberg.
„Lass doch mal Frau Doktor sehen",
sagte Gregors nächtliche Eroberung Susanne.
„Ich bin Medizinstudentin im 3. Klinischen Semester."
„Na, das ist ja schon was",
dachte Seeberg. Sie fühlte, drückte und drehte seinen Arm. Dann gab sie ihm einen Klaps wie einem Pferd oder einer Kuh.
„Das wird schon wieder!"
Seeberg erschrak schon etwas, und stellte ihr eine fast beleidigende Frage:
„Bist du wirklich Human- und bestimmt nicht Veterinärmedizinerin?
Du musst wissen, ich, ein Mensch vom Land, habe so

eine bestimmte Erfahrung mit Ärzten und Tierärzten. Wenn bei uns der Tierarzt das kranke Vieh behandelt hatte, gab er ihm hinterher auch einen Klaps auf den Hintern, oft auch mit den gleichen Worten:
„Das wird schon wieder!"
Ich frage dich daher:
Machen das die Humanmediziner jetzt auch so?"
Susanne lachte laut. Sie nahm ihm die Frage nicht übel. Sowieso hatte sie ein ganz burschikoses Wesen. Es machte ihr auch nichts aus, ihm mit ihrem blanken Oberkörper die ganze Zeit gegenüber zu sitzen.
„Wir Deutschen nennen es die Parkbankschläfer-Krankheit. Die Franzosen sind da ungleich eleganter und bezeichnen es als:
„La Paralysie des amoureux", also die „Lähmung der Verliebten".
Nun, such dir das Passende aus."
Gregor lebte später einige Jahre mit Susanne zusammen, bevor sie dann eine Anstellung in Kiel erhielt, wo sie schon immer hin wollte. Nicht lange danach ging ihre Beziehung auch zu Ende.
Die meisten guten Erinnerungen an die gemeinsame, wilde Studentenzeit waren ganz besonders durch sie geprägt.
Das Thema der Beziehung von Franz zu seiner Ingrid wollten die Freunde nicht erörtern, da beide wussten, dass hier nichts mehr zu reaktivieren war.
Er wollte sie auch nicht mehr besuchen.

„Wer weiß, wen ich da antreffen werde",
sagte er kurz zu Gregor. Allein die Tatsache, dass er
nach Aachen gekommen war und sie nicht aufgesucht,
sondern in einem Hotel übernachtet hatte, war ein
Zeichen dafür, dass ihre Beziehung keine Zukunft
mehr hatte. Zudem wusste er auch nicht, was er an
Erklärungen hätte abgeben sollen.

Da sein Freund der einzige war, dem Seeberg wirklich
vertrauen konnte, berichtete er ihm, woran er in Reims
arbeitete und wie wichtig für ihn bestimmte Teile
seiner Arbeit seien, die nur von ihm persönlich
durchgeführt wurden. Er wolle keinem anderen
Probleme bereiten, insbesondere wolle er keine
Instituts-Spionage betreiben. Aber gewisse Dinge
stünden ihm, losgelöst von seiner Arbeit im Institut,
ja auch zu, versuchte er zu erklären.
„Ich verstehe dich vollkommen, mein Lieber, aber wir
müssen den Direktor oder die Direktion einschalten",
entgegnete Gregor.
Mittlerweile hatte die Bedienung, eine kleine Blonde,
offenbar eine Studentin, die nebenbei in dem Lokal
jobbte, ihr sogenanntes Tagesmenü gebracht.
„Heute gibt es Fleischkäse mit Pommes frites und
morgen Pommes frites mit Fleischkäse. Wie du siehst,
ist die Abwechslung genauso spannend und
phantasiereich wie früher, und trotzdem bleiben wir
dem Laden treu",

erklärte Gregor lachend.

„In Frankreich ist es in dem Bistro, in dem ich oft verkehre, auch nicht bedeutend besser. Nur ist die Bedienung schwarzhaarig und pfiffig, und zu den Pommes frites gibt es öfter Spiegeleier. Man trinkt einen Chablis zum Essen, und eher selten Bier. So weit sind wir nun auch nicht mehr voneinander entfernt", antwortete Seeberg.

Für 14 Uhr war das Treffen mit dem Direktor anberaumt. Bis dahin hatten sie noch eine gute halbe Stunde Zeit, um über Politik und Naturwissenschaften zu diskutieren, so wie sie es früher oft und manchmal auch nächtelang taten.

„Wir sehen uns dann heute Abend in der Karlsklause, wie früher",

schlug Gregor vor.

„Dort können wir dann in Ruhe und bei einem guten Essen das Treffen mit der Direktion besprechen. Ach übrigens, unser erster Chef, Professor Baumann, ist schon seit zwei Monaten krank, und die Geschäftsleitung wurde vorübergehend von der *alten Pfeife* Professor Braun übernommen. Aber der kennt sich ja nicht aus."

„Müsste der nicht schon lange im Ruhestand sein?", fragte Seeberg.

„Doch, doch, aber irgendwie hat er immer noch den Posten als stellvertretender Direktor inne, allerdings ohne Forschungs- und Lehrauftrag. Er ist mehr oder

weniger der Verwalter, wie schon früher",
bestätigte ihm Gregor.
„Dann wird das wohl ein leichter Gang",
dachte Seeberg und er sah sich schon mit wichtigen
Unterlagen in Reims, freudig durch Marie-France
empfangen. Danach würde er sie zum Essen einladen,
und wenn sich dabei eine gute Gelegenheit ergeben
sollte, würde er ihr dann erklären, wie reizend und
anmutig er sie findet.

Kapitel 8

Kurz vor 14.00 Uhr betrat er das Sekretariat von Prof. Baumann, dem Institutsleiter. Eine junge Frau, etwa Mitte dreißig, mit randloser Brille, einer langmähnigen dunklen Frisur, den schlanken Körper in ein dunkelblaues Kostüm fast schon gezwängt, begrüßte ihn übertrieben freundlich, aber völlig emotionslos.
„Sie sind offenbar Dr. Seeberg aus Reims, wenn ich nicht irre.
Sie haben für 14.00 Uhr einen Termin bei Prof. Baumann, der leider erkrankt ist, aber Prof. Braun vertritt ihn."
Ihre überspannte Freundlichkeit verströmte schon einen ordinären Beigeschmack von Arroganz. Seeberg kannte diese Gattung von Sekretärinnen, denen er hin und wieder in seiner Studentenzeit begegnet war. Diese Frauen waren von ihren Chefs mit einer unglaublichen Macht ausgestattet. Manche von ihnen nutzten diesen Trumpf schamlos aus. Dabei waren in ihren Augen die Studenten sowieso das Letzte. Er hatte diese Frau noch nie gesehen, noch nie ein Wort mit ihr gesprochen, ihr noch nicht die Hand gegeben, und dennoch war da keine Empathie.
Bei Marie-France hatte er die Wärme schon beim

ersten Mal gespürt, als sie an ihm vorbeigegangen war.
Hier aber spürte er die Kälte eines toten Fisches.
Über die Tisch-Sprechanlage kündigte sie seinen
Besuch an und begleitete ihn zur Tür des Arbeitszimmers. Seeberg bedankte sich, und da auf sein
Klopfen kein „Herein!" zu hören war, öffnete er
langsam die Tür und trat ein. Da fiel ihm plötzlich
wieder ein, dass der alte Braun schwerhörig war.
Braun hatte sich hinter seinem Schreibtisch erhoben
und versuchte sein Jackett, das ihm vielleicht noch vor
zehn Jahren gepasst haben könnte, zu schließen. Mit
kleinen Tippelschritten ging er auf Seeberg zu, um ihn
zu begrüßen. Er trug immer noch diese altmodische
runde Hornbrille mit dicken, verdreckten Gläsern, wie
Seeberg sie schon als Student gekannt hatte.
„Mein lieber Seeberg, schön, Sie zu sehen",
fing er säuselnd, fast schon spöttisch, an:
„Ach setzen Sie sich doch! Möchten Sie einen Kaffee,
Tee oder gar einen Cognac?"
Seeberg lehnte höflich ab, denn er wollte doch recht
zügig zum Punkt kommen. Jede Minute, die er mit
diesem widerlichen Menschen zusammen sein musste,
war ihm zuwider. Der Raum, erfüllt von einem
schweren Geruch nach altem Schweiß und billigem
Rasierwasser, bot zudem keine Atmosphäre für ein
längeres Gespräch. All dies war schwer zu ertragen,
und wäre es nicht um so wichtige Dinge gegangen,
hätte Seeberg das ganze Treffen durchaus schon nach

zwei Minuten beendet.
„Seine schleimige Art, die man ja von früher kennt, ist heute Mittag noch extremer.
Er benimmt sich ja geradezu wie einer, der von seinem Gegenüber etwas wünscht. Dabei bin ich doch der Bittsteller. Irgendetwas führt dieses Fakultätsfossil sicherlich im Schilde",
sagte sich Seeberg und sah sich nun veranlasst, sein Anliegen darzulegen, da seines Erachtens die Situation zunehmend sehr nebulöse Züge trug.

„Wie Sie sicherlich wissen, bin ich seit einiger Zeit in Reims an der Universität beschäftigt. Ich arbeite an einem Projekt, bei dem ich gerne auf die Versuchsreihen zurückgreifen möchte, die hier in Aachen allein auf meine Initiative hin und von mir persönlich durchgeführt wurden. Nur wollte ich nicht ohne Ihr Wissen und Ihre Zustimmung diese Arbeiten einsehen und kopieren",
erklärte Seeberg, ohne den Unterton einer Forderung. Die Reaktion erfolgte prompt:
„Das werde ich nicht erlauben! Auch wenn diese Arbeiten von Ihnen stammen, so sind sie doch Eigentum des Instituts. Auch persönliche Auszüge, nur von Ihnen initiiert und ausgefertigt, bleiben dennoch Eigentum des Instituts! Sollten Sie sich, auch auf Umwegen, derer bemächtigen, werden Sie strafrechtlich wegen des Tatbestands der Instituts- und

Wissenschaftsspionage sowie des Diebstahls von geistigem Eigentum verfolgt! Gleichzeitig spreche ich Ihnen hiermit als Hausherr ein Hausverbot für alle Räume des Instituts aus!
Ich denke, Sie haben das verstanden!"
Das klang sehr hart und eindeutig.
Seeberg musste schlucken. Seinen Hals empfand er trocken wie Holz und zugeschnürt wie ein Wanderstiefel.
„Dieser Hanswurst hat sich gut vorbereitet",
sagte er sich. Er konnte, nein, er wollte nicht aufstehen wie ein kleiner Schuljunge, der gerade von seinem Lehrer eine Standpauke erhalten hatte. Solche Situationen hatte er als Schüler in den fünfziger Jahren in der Dorfschule in Rheinhessen oft genug miterlebt. Mit der Ohnmacht des Untergegeben konnte er schon damals nicht gut umgehen. Nun erlebte er, fast dreißig Jahre später, wieder solch einen Machtmissbrauch.
So sah er es zumindest, und er wusste nicht, inwieweit dieser hier rechtlich relevant war oder nicht. Es war jedenfalls eine selten absurde Situation. Trotzdem, Seeberg fühlte sich im Recht, zumindest was die Herausgabe seiner zwei Kladden betraf, von denen Braun eigentlich nichts wissen konnte. Nun, das Hausverbot konnte rechtens sein. Aber was sollte er jetzt zur Antwort geben? Am liebsten hätte er dieses skrupellose Raubein einmal kurz verprügelt, es gab ja keine Zeugen. Doch das hätte neben einer strafrecht-

lichen Verfolgung das Ende seiner Karriere auch in Reims bedeutet. Also ließ er sein Gegenüber in dem Glauben, dass er seine Entscheidung akzeptiert habe, und erhob sich.
Seeberg stand nicht da wie ein kleiner Schuljunge, sondern hier erhob sich ein, um es mit Tacitus zu sagen, *bedrohlicher, altertümlicher Heerführer, der allein durch seine Körpersprache seinen Gegner in Angst versetzen konnte.*
Ein stattlicher Mann mit ausgeprägt maskulinen Attributen:
Hochgewachsen, mächtige Hände, breites Kinn, dazu eine sonore Stimme. Jetzt das „R" dabei rollend. Auf die Stimme hatte er Sorgfalt gelegt, und so hatte er sich in Szene gesetzt.
Damit der Schwerhörige ihn auch gut verstehen konnte, sagte Seeberg laut:
„Ich muss wohl oder übel Ihre Entscheidung akzeptieren. Ansonsten gibt es mit mir nichts mehr zu bereden. Auf Wiedersehen."

Braun war über diese Aussage erleichtert, denn er hatte hoch gepokert. Zum einen mit der Behauptung, dass all die Aufzeichnungen Seebergs Eigentum des Instituts seien. Das hatte schon den Anschein einer juristischen Unanfechtbarkeit. Zum anderen der Hammer mit dem Hausverbot. Das untermauerte seine Position vollends.
Voller Wut, die er sich aber nicht anmerken ließ,

begab sich Seeberg nach draußen. Der Langmähnigen aus dem Vorzimmer hinterließ er im Vorbeigehen nur ein knappes „Au revoir!", ohne sie dabei anzusehen. Er war mit seinen Gedanken und Gefühlen jetzt noch mehr in Reims als zuvor.

Bis zu seinem Treffen mit Gregor hatte er noch mehr als vier Stunden Zeit, die er wirklich brauchte, um über vieles nachzudenken.
„Wie hätte wohl mein ehemaliger Chef, Prof. Baumann, auf meine Bitte reagiert?",
fragte er sich mehrfach. Sie wussten doch innerhalb des Teams, dass seine Arbeiten über die Darstellung von Tumormarkern hauptsächlich aus seiner Feder stammten und dass er dafür enorm viel Zeit und Engagement eingebracht hatte. Sie hätten sein Anliegen sicherlich verstanden. Seine engsten Mitarbeiter wie auch sein Chef hätten keine Angst vor Wissenschaftsspionage gehabt, da es weltweit viele Forschergruppen gab, die sich mit diesem Problem beschäftigten und die sich auch weitgehend über den Wissensstand austauschten.
Was sollte also diese lächerliche Geheimhaltung? Offenbar wusste Braun zu wenig oder gar nicht Bescheid darüber, um welches Forschungsprojekt es sich handelte. Er war ein geistiger Kleinkrämer, der typisch pedantische Bürokrat, der trotz seines Beamtenstatus immer noch im Institut saß.

Von Forschung und Lehre war von Braun schon 1969, als Seeberg zusammen mit Gregor sein Studium an der Uni Aachen begonnen hatte, nichts mehr zu hören oder zu lesen. Manch einer sagte, dass ein nicht geringer Teil seiner Publikationen, als scheinwissenschaftlich verpackter Unfug zu betrachten seien. Schon in dieser Zeit galt er bereits als Faktotum des Instituts, dem es aufgrund guter Beziehungen zur Wirtschaft und der Politik gelungen war, oft völlig unerwartete Forschungsaufträge und Gelder herbeizuschaffen.

Seine wenigen Vorlesungen mussten irgendwann, Anfang der siebziger Jahre, als Pflichtvorlesung deklariert werden, damit überhaupt ein Student sich ihrer Langweiligkeit aussetzte. Braun war bei den Studenten und Assistenten ein fades, ödes Blatt. Mit dieser Person wollte fast keiner irgendeinen Kontakt pflegen. Seine Herkunft und sein Werdegang schienen genauso belanglos zu sein wie seine wenigen Vorlesungen. Hinter seiner oberflächlichen Kleinkariertheit versteckten sich wahrscheinlich gute Verbindungen zu Wirtschaftsmanagern und Politikern, die ihn davor bewahrten, seine Position innerhalb des Instituts zu verlieren. Wie sonst wäre es zu erklären, dass dieser entsetzliche Speichellecker jetzt noch mit Anfang siebzig solch eine Position besetzte. Es schien so, als wäre Machtbewusstsein seine einzige Tugend. Dieser Gedanke ließ Seeberg nicht mehr los. Er betrachtete Braun überdies als skrupellose, zwielichtige Figur, die offenbar eine Freude daran hatte, sich in ihrer Macht grenzenlos auszutoben.

Kaum im Hotel angekommen, bestellte er sich eine Flasche Rheingauer Riesling auf sein Zimmer und verschwand unter der Dusche. Er glaubte immer noch, den Schweiß vom alten Braun zu riechen. Davon wollte er sich gründlich befreien.
Nachdem er ausgiebig und sehr heiß geduscht hatte, hüllte er sich in den hoteleigenen Bademantel und legte sich aufs Bett. Dann trank er kurz hintereinander zwei Gläser des optimal temperierten Riesling.
Seeberg verstand etwas von Weinen.
Kurz danach schlief er ein und versank in einen tiefen, wenn auch nur kurzen Mittagsschlaf.
Er hatte die Gabe, um die man ihn beneiden konnte, innerhalb einer Minute in einen tiefen, entspannenden Schlaf zu versinken, der oft nicht länger als fünfzehn Minuten dauerte. Anschließend war er wieder vollkommen fit, aber nicht verkatert, wie das bei vielen anderen vorkam. Nach etwa einer halben Stunde erwachte er spontan.
Da ihn jetzt etwas fröstelte, kleidete er sich schon komplett an, denn nun waren es nur noch knappe zwei Stunden bis zu seinem Treffen in der Karlsklause, die nur ein paar hundert Meter von seinem Hotel entfernt in einer kleinen Seitengasse lag.

Der kurze Schlaf hatte Seeberg gut getan. Die erste Wut über die Verweigerung der Forschungsunterlagen und der Zorn auf Braun wurden durch den „Riesling-Schlaf" erheblich reduziert.
Seine Gedanken waren jetzt klarer und weniger stark von Emotionen geleitet.
Er musste zumindest einmal die Erwartungen des Teams in Frankreich etwas dämpfen, da er hier in Aachen an keine schnelle Lösung des Problems glaubte. Kurzentschlossen ließ er sich über die Rezeption mit dem Sekretariat von Marie-France in Reims verbinden.
Er erkannte sofort die angenehme Stimme von Madame Arras.
„Liebe Claudette",
redete er sie diesmal an. Das fiel ihm leichter als beim direkten „Vis-à-vis". Vermutlich hatte er sich nach der Begegnung mit der arroganten Sekretärin von Prof. Braun jetzt nach der freundlichen und warmherzigen Claudette Arras gesehnt, nach ihrem offenen Dekolleté und dem kleinen goldenen Kreuz, das sie ganz offen trug.

„Hier ist Franz Seeberg. Ich würde gerne kurz mit Marie-France sprechen. Könnten Sie mich bitte mit ihr verbinden?"
Claudette war über seine Anrede nicht verärgert, hatte er doch das „Sie" beibehalten. Ihre Antwort klang

deswegen genauso freundlich wie aus dem Munde einer Madame Arras. Hier zeigte sie Grandeur.
„Bedaure sehr, Monsieur Seeberg, aber Madame Marie- France musste schon gegen 11 Uhr zu ihrer Mutter die heute Morgen mit einem Schlaganfall ins Krankenhaus nach Caen gebracht wurde.
Mehr kann ich Ihnen dazu leider nicht sagen. Eine Telefonnummer hat sie in der Eile auch nicht hinterlassen. Aber ich glaube, sie wird sich bestimmt entweder heute oder spätestens morgen melden. Kann ich ihr etwas ausrichten?"
Seeberg überlegte kurz, dann antwortete er knapp, damit Claudette Arras keinen Verdacht schöpfen sollte, wie wichtig es ihm war, mit Marie-France zu sprechen:
„Nein, danke. Ich melde mich sowieso im Laufe der Tage wieder. Au revoir!"
Er konnte doch jetzt nicht noch unangenehme Botschaften nach Caen schicken, wo möglicherweise die Mutter seiner Liebsten, wie er Marie-France schon still für sich nannte, mit dem Tode rang.
Zudem war der Kampf in Aachen noch nicht verloren. Im Gegenteil, er sollte erst beginnen.

Seeberg überlegte, ob er Philippe in die Sache einweihen solle, zumal er schon in groben Zügen wusste, um was es ging, und warum er, Seeberg, so rasch nach Aachen fahren musste. Er wollte es aber nicht hinter dem Rücken von Marie-France tun. Dann entschloss er sich doch, Philippe anzurufen. Bis ins Detail wollte er aber nicht gehen. Nach einigen Verbindungsproblemen hatte er dann endlich Philippe in der Leitung.

„Philippe, mein Lieber, die Sache hier in Aachen ist nicht so einfach, wie wir uns das gedacht hatten. Man hat mir hier rigoros ein Hausverbot für mein ehemaliges Institut erteilt, und ich kann nicht mal mehr meine eigenen Unterlagen einsehen. Unser erster Chef, Prof. Baumann, ist offenbar längere Zeit krank, und sein Vertreter, ein gewisser Braun, ist hartleibig und stur wie ein Panzer. Ich muss sehen, wie das geregelt werden kann, und hoffe auf die Unterstützung durch einen meiner ehemaligen Kollegen. Allerdings ist diesem Prof. Braun nicht zu trauen. Er hat zwar wenig Ahnung vom Fach, besitzt dafür aber gute Verbindungen weiß Gott wohin. Du weißt ja selbst, dass die Grenzen zwischen Kooperation und Korruption oft hauchdünn, wenn nicht sogar fließend sind."

„Darf ich dich kurz unterbrechen?",

kam es aus der Leitung.

„Aber sicher doch",

entgegnete Seeberg.

„Wie heißt denn dieser Prof. Braun mit Vornamen, und wo kommt er her? Weißt du vielleicht mehr über ihn?",

wollte Philippe wissen. Seeberg überlegte kurz, dann

fiel es ihm wieder ein:
„Mit Vornamen heißt er Karl-Friedrich. Bevor er nach Aachen kam, das war 1962, war er in München, soweit ich weiß.
Aber seit wann und wo er vorher eine Professur hatte, ist mir nicht bekannt. Wieso interessierst du dich so sehr dafür?",
fragte Seeberg.
„Möglicherweise gibt es ja auch einen schwarzen Fleck auf der weißen Weste des Herrn Braun, mit dem man ihn dann mal etwas unter Druck setzen könnte. Zudem sind wir ja Freunde, die sich gegenseitig helfen."
Seeberg verstummte einen kurzen Augenblick, denn er konnte sich nicht denken, was der Elsässer beabsichtigte.
„Und wie sollen wir solche schwarzen Flecken auf der weißen Weste des Herrn Braun herausfinden?",
fragte Seeberg. Mit einer leicht heiteren Stimme erklärte ihm Philippe seinen Plan:
„Ich habe einen alten Schulfreund in Straßbourg, der im Gegensatz zu uns einem sehr spannenden Beruf nachgeht. Er ist Journalist und sein Spezialgebiet ist die Aufklärung von Seilschaften und anderen Schweinereien kleinerer und größerer Art. Den werde ich noch heute Abend kontaktieren. Er hat, wie ich weiß, ungeahnten Zugang zu Dokumenten und Archiven, auch in Deutschland. Also warten wir`s mal

ab. Ansonsten gibt es hier nichts Neues zu berichten, außer dass Marie- France zu ihrer Mutter in die Normandie gefahren ist. Die Dame ist akut und schwer erkrankt. Die Laborleitung übernimmt vorübergehend Monsieur Moutier, einer aus der alten Riege, aber der hat keine ernsten Absichten auf den Posten des stellvertretenden Laborleiters. Also bis bald, mein Lieber",
beendete Philippe das Gespräch.
„Eine kluge Entscheidung von Marie-France! Damit wären die Karten für alle Bewerber noch offen. Verdammt! Ich wollte ihn doch noch nach seinem süßen Grashüpfer Monique fragen. Dann halt beim nächsten Mal!",
sagte Seeberg laut vor sich hin. Anschließend holte er sich die Tageszeitung, die er sich aus dem Foyer mitgenommen hatte, und las einige Artikel intensiv durch, bis es Zeit wurde, sich auf den Weg in die Karlsklause zu begeben. Da er schon den kürzeren Weg hatte, wollte er keinesfalls zu spät erscheinen.
Das Lokal war schon gut besetzt, als er den alten, dunkel getäfelten Raum betrat. Ein dicker, roter Teppichboden schluckte nahezu jedes Geräusch, und man hörte neben einer leisen Hintergrundmusik nur ein wenig das Gemurmel der Gäste, dazwischen immer wieder ein helles Lachen rheinischer Frohnaturen, besonders des weiblichen Geschlechts. Offenbar wurden wieder mal derbe Witze erzählt.

Ein Kellner mit langer weißer Schürze kam auf ihn zu und sagte in einem höflichen, aber keinesfalls unterwürfigen Ton:
„Guten Abend, der Herr! Sie wünschen?"
Seeberg hatte mittlerweile mit einem gründlichen Rundblick festgestellt, dass sein Freund noch nicht angekommen war.
„Wir hatten einen Tisch für 20 Uhr reserviert, auf die Namen Schmitz und Seeberg."
Nach einer leichten Verbeugung und mit einem forschen Schritt geleitete der Kellner seinen Gast an einen Zweiertisch an der Fensterfront. Von hier aus hatte man einen guten Überblick auf die Straße mit Kreuzung, sodass er das Kommen des Freundes früh erkennen konnte. Mit der Bestellung wolle er warten, bis sein Gast käme, gab er dem Kellner zu verstehen, was dieser gekonnt regungslos zur Kenntnis nahm.
Während Seeberg noch darüber nachdachte, was mit Marie-France und ihrer Mutter sein könnte, hatte er das Kommen von Gregor überhaupt nicht bemerkt. Man begrüßte sich mit einem leichten Handschlag. Auch wenn es eine Begegnung unter Freunden war, erhob sich Seeberg von seinem Platz.
Bestimmte Benimmregeln hatte er aus seiner Zeit als Fähnrich bei der Bundeswehr mitgenommen, die hin und wieder von einigen belächelt wurden, aber die ihm öfter auch manch holprige Wege ebneten. Bei Gregor musste er keine besondere Etikette wahren, so gut

waren sie befreundet.
Nachdem sie Platz genommen hatten und zügig den gemischten Fischteller mit Reis, dazu einen Mosel Riesling bestellt hatten, begann Gregor sofort:
„Na, wie war`s bei dem alten Braun? Hast du deine Unterlagen bekommen?
Und wie findest du die Sekretärin?
Die ist doch viel zu jung für diesen alten Knaben!
Ich müsste auch mal öfter dahin, was meinst du?"
Seeberg holte tief Luft.
„Das war ganz große Scheiße heute, verzeih bitte, aber dieser Crétin, dieser Tartüff, der in seinem ganzen Berufsleben, soweit wir das kennen, nicht viel auf die Beine gestellt hat, erteilte mir ein Hausverbot und drohte mir sogar mit strafrechtlicher Verfolgung, falls ich meine Unterlagen, wie auch immer, an mich nehme."
Sein Kopf wurde tief rot. Offenbar das Zeichen eines steigenden Blutdrucks. Dennoch prostete Seeberg seinem Freund zu.
Mittlerweile wurde der Fisch aufgetragen. Der Kellner wünschte einen guten Appetit, und während des Essens schwieg man weitgehend. Zwischendurch war hin und wieder ein kurzes „dieses Dreckschwein" oder „dieser Heuchler" zu hören, was ergänzend durch gegenseitiges Kopfnicken noch bekräftigt wurde. Zu einem Nachtisch konnte man sich nicht durchringen, denn dieser Braun`sche Kloß lag beiden schwer im

Magen. Man entschloss sich dann aber doch zu einer zweiten Flasche Riesling, um den Kummer erträglich zu gestalten.
„Was können wir tun?",
fragte Gregor.
„Du kommst nicht mehr ins Institut. Man wird den Pedell und die Sekretärinnen schon instruiert haben. Sie kennen dich noch alle.
Und man hat nicht immer nur Freunde. Das wissen wir nur zu gut, mein Lieber. Ich weiß auch, dass deine Arbeiten, einschließlich der in den beiden Kladden, in denen du persönlich die Ergebnisse deiner eigenen Versuche notiert hast, unter Verschluss beim Laborleiter sind. Aber wenn jener darüber Bescheid weiß, will gerade *diese Nummer* mit Sicherheit nichts von alledem wissen, denn der hat den Posten erst seit zwei Jahren inne, und er ist auf dem direkten Weg nach oben. Der wird seine Karriere bestimmt nicht aufs Spiel setzen. Ich denke, hier kann dir nur ein guter Rechtsanwalt helfen",
seufzte Gregor und trank das Glas leer.
„Wahrscheinlich hast du, wie so oft, recht",
sagte Seeberg, indem er seinem Freund neu einschenkte.
„Aber die Zeit habe ich nicht. Wir sind mit der Suche der Tumormarker in Frankreich etwas hintendran. Aber mit meinen eigenen Versuchsreihen könnten wir enorm viel Zeit gewinnen, wären dann aber immer

noch nicht ganz vorne mit dabei.
Ich verstehe daher die Entscheidung Brauns nicht ganz."
Man kam auch in den nächsten Stunden der Lösung des Problems nicht näher, sodass man über dies und das und Bekanntschaften oder Liebeleien sprach. Kurz vor Mitternacht, nachdem man die vierte Flasche Riesling geleert hatte, verabschiedete man sich mit der Absicht, am nächsten Tag wieder miteinander zu reden. Als Treffpunkt wählte man wieder die alte Stammkneipe um 13 Uhr.

In dieser Nacht schlief Seeberg sehr schlecht. Oft wurde er wach, schlief aber kurz danach wieder ein. Gegen 6 Uhr war er dann komplett wach, zudem völlig verkatert. Der Wein hatte seinen Teil dazu beigetragen. Wie gerne hätte er jetzt Marie-France bei sich gehabt. Er vertrödelte den Morgen mit ziellosen Spaziergängen und Cafébesuchen, aber alles schien ihm so leer, so trostlos und irgendwie ohne Leben.

Das Treffen mit Gregor um 13 Uhr brachte nur wenige Fortschritte. Seeberg versuchte, mit ihm eine Strategie zu entwickeln, wie sie Braun von seiner schlecht nachvollziehbaren Entscheidung wenigstens teilweise abbringen könnten, ohne dass er dabei sein Gesicht verlöre. Sie diskutierten die unmöglichsten Optionen.

In den kommenden Tagen kamen sie auch in Gesprächen mit anderen in die Sache eingeweihten Assistenten, von denen sie wussten, dass diese auf ihrer Seite waren, keinen Schritt weiter. So entschloss sich Seeberg widerwillig am fünften Tag seiner Ankunft in Aachen, diesen Ort maßloser Enttäuschung wieder zu verlassen.

Nachdem er gefrühstückt hatte, machte er noch einen kleinen Stadtbummel, um Geschenke für seine Eltern, Philippe und ganz besonders für Marie-France einzukaufen. Nach gut einer Stunde kehrte er ins Hotel zurück. An der Rezeption wurde ihm eine Notiz ausgehändigt:
„Bitte umgehend folgende Nummer in Frankreich anrufen!"
Ihm schoss es durch den Kopf:
„Die Mutter von Marie-France!"
Seeberg hastete auf sein Zimmer und ließ sich sofort verbinden. Am anderen Ende meldete sich Philippe.
„Was ist passiert?",
fragte Seeberg sofort und ohne Begrüßung. Philippe merkte die Erregung bei Seeberg und antwortete im ruhigen Ton:
„Mein Lieber, zunächst einmal Bonjour, und passiert ist hier noch gar nichts, aber vielleicht könnte in Aachen etwas passieren."
Seeberg verstand nicht und entgegnete:

„Sprich bitte nicht in Rätseln. Mir qualmt der Kopf sowieso. Also, was sind das für ausgesprochen kryptische Bemerkungen?"
Gewichtig führte Philippe aus:
„Du erinnerst dich doch noch an meinen Schulfreund aus Straßbourg, den Journalisten Michel Soultz, von dem ich dir erzählte. Gestern Abend rief er mich an und gab mir eine kurze Kostprobe seiner Recherchen über „deinen" Prof. Dr. Braun. Ein sauberer Herr, dieser Karl-Friedrich Braun! Geboren am 10.März 1903 in Lüneburg, dort Abitur, danach Studium in Tübingen und Berlin, dort Promotion und Habilitation 1930. Und jetzt kommt es:
Er war dann einer der Mitunterzeichner des „Bekenntnis der deutschen Professoren zu Adolf Hitler und dem nationalsozialistischen Staat- als Gelöbnis vorgetragen am 11.November 1933 zur Feier der nationalsozialistischen Revolution" desselben Jahres auf einer Festveranstaltung in der Alberthalle in Leipzig.
Aber Michel ist sich fast sicher, dass da noch mehr Schweinereien ans Licht kommen werden. Er braucht nur einige Monate Zeit, bis er alles recherchiert hat. Wie er sagt, hat er eine gute und zuverlässige Quelle aufgetan. Du musst ihn anrufen. Ich gebe dir seine Telefon-nummer."
Nachdem Seeberg die Nummer notiert hatte, bedankte er sich mehrfach bei seinem elsässischen Freund und

legte auf, um schnellstmöglich mit Michel Soultz Kontakt aufzunehmen.
Die Verbindung klappte sofort, und sein Gegenüber schien schon auf den Anruf gewartet zu haben. Der Journalist hatte sich aus Gründen, die Seeberg noch nicht kannte, massiv in diese Aufklärungsarbeit verbissen und versprach, spätestens in einem halben Jahr Konkreteres sagen zu können. Seeberg war zum einen Teil recht froh und erleichtert, dass dieser Freund so wertvolle Informationen sammeln konnte, aber andererseits schien ihm ein halbes Jahr doch recht lange.

Kapitel 9

Noch am gleichen Tag fuhr er zu seinen Eltern, die ihn eigentlich schon zwei Tage früher erwartet hatten. Als er die Autobahnausfahrt hinter sich gelassen hatte und sich der Bundesstraße näherte, die ihn nach etwa zwanzig Kilometern zu seinem Heimatdorf führte, konnte er, befreit vom Stress der Autobahn, jetzt ab und zu einen Blick über die sanft hügelige Rheinhessenlandschaft werfen, wie er es fast immer tat, wenn er aus irgendeinem anderen Winkel der Republik wieder nach Hause kam.
Wolkenschatten zeichneten flüchtige Muster in die Landschaft.
Da lag sie, die sogenannte Rheinhessische Schweiz. Eigentlich ein völlig unzulässiger Vergleich, denn diese rheinhessischen „Berge" würden die Schweizer bestenfalls als Maulwurfshügel bezeichnen.
„Aber alles ist bekanntlich relativ",
sagte sich Seeberg und steuerte mit einem ironischen Lächeln die mäßig verschlungenen Wege Richtung Heimatort.
Öfter kamen ihm bei der Fahrt durch diese Gegend einige der Verse von Erich Kästners Gedicht „Im Auto über Land" ins Gedächtnis, die er dann auch

gerne laut, fast singend, rezitierte - aber nur, wenn er alleine war. Ganz besonders gefiel ihm die Passage: *Und er steuert ohne Fehler über Hügel und durch Täler. Tante Paula wird es schlecht. Doch die übrige Verwandtschaft blickt begeistert in die Landschaft, und der Landschaft ist es recht.*

Dabei empfand er wunderbar befreiende Glücksgefühle aus seiner Kindheit. Viele Dinge erinnerten ihn, je mehr er sich dem Dorf näherte, an seine Kindheit und Jugendzeit. Diese sanft hügelige Landschaft mit ihren zahllosen Weinbergen würde zugegebenermaßen recht eintönig erscheinen, wären da nicht hin und wieder stark dunkelgrüne Waldungen, die wie ziemlich planlos dahingesetzte Farbtupfer die Monotonie unterbrechen würden.

Die Dörfer verstecken sich zwischen den Hügeln, und nur an ihren roten Mützen lassen sie sich schon von weitem erahnen. Kommt man ihnen aber näher, dann offenbaren sie sich in ihrer schönsten Vielfalt. Dennoch zeigen alle Gebäude fast ausnahmslos eine Anlehnung an eine gemeinsame Architektur, die dem oberflächlichen und schnellen Betrachter ziemlich verborgen bleibt. Ganz im Gegensatz vieler Großstädte, die sich im Rahmen des schnellen Wiederaufbaus nach dem Krieg mit einer minderwertigen Architektur herumplagen müssen. Die künstlerische Produktion kann man vielerorts in diesen Städten nur als eintönig schmuck - und ausdruckslos beschreiben.

Ganze Straßenzüge konkurrieren miteinander in einer Anhäufung von Geschmacklosigkeiten.

Seeberg zog auch gerne seine rheinhessischen Landsleute in diesen Vergleich mit ein. Es wäre ihm aber im Traum nicht eingefallen, diese, wahrscheinlich sehr persönliche Betrachtungsweise jemals laut zu verkünden. Schon als Kind war er ein sorgfältiger Beobachter, und so entgingen ihm weder die Vielfalt der Menschen noch die tiefen Strukturen, die sie mehr oder weniger stark verbanden oder gelegentlich sogar entzweiten.

Je älter er wurde und je mehr Informationen er erhielt, umso treffender wurde er in der Vorausschau mancher Begebenheiten.

Eine Beurteilung nach außen wollte er nicht abgeben. All dies bewahrte er still für sich. In einigen Fällen überlegte er wirklich ernsthaft, ob er nicht doch, wie man hier sagt, seinen eigenen Senf dazugeben solle. Aber dann verwarf er solche Gedanken sofort wieder. Er sah sich doch lieber als der Forscher, der kritische Beobachter, als der selbsternannte Richter über die ländlichen Abwegigkeiten, die eigentlich mehr Anlass zum Schmunzeln als zum Zorn gaben.

So legte er schon früh für sich fest, wer und was ihn prägen sollten.

Sicherlich war dies eine Reaktion auf die Anmaßung seiner Mutter, die sich als häusliche Ober-, mitunter auch als Hauptgutachterin so oft wie möglich, meistens jedoch völlig überflüssig in Szene setzte. Bedauerlicherweise blieb den männlichen Seebergs die Sinnhaftigkeit, um nicht zu sagen die *Unsinnhaftigkeit* ihrer Argumentation - wenn es überhaupt so etwas gibt - verborgen. Schon früh war sie der festen Überzeugung, dass aus dem Jungen ein Jurist, am besten gleich ein Richter werden sollte. Dabei hatte Seeberg gerade zu dieser Fachrichtung keinerlei Bezug. Erst nach dem ungeheuren Bruch mit der Mutter, der voller Bitterkeit und Enttäuschung zu einem totalen Vertrauensverlust geführt hatte, war ihm klar, dass sie sich über Umwege die nachträgliche Rechtmäßigkeit ihres Handelns im Februar des Jahres 1943 selbst bestätigen wollte. Hierin sah sie gute Chancen, wenn der Sohn Jura studieren würde.

Als aber der junge Seeberg ein gutes halbes Jahr vor seinem Abitur bei einem Weinfest im Nachbarort von einer Frau, etwa im Alter seiner Mutter, heftig beschimpft und attackiert wurde, ging er der Sache nach. Völlig grundlos konnte man ihn doch nicht als „Hitler-Söhnchen" titulieren. Zunächst behielt er die ruppige Angelegenheit für sich. Nach etwa einer Woche, nahm er allen Mut zusammen und fuhr mit dem Fahrrad in den Nachbarort. Den Namen, Hilde Geldern, und ihre Adresse herauszufinden war nicht schwierig. Gegen Mittag würde sie wohl am ehesten zu Hause sein,

dachte Franz. Und so schob er sein Fahrrad durch das offene Hoftor in den großen Innenhof des Weinguts, das schon beim ersten Blick auch dem Laien einen beginnenden Verfall verriet.
Ein alter Mischlingshund mit zotteligem, zudem ungepflegtem Fell quälte sich schwerfällig aus seiner Hütte und begrüßte ihn. Er war offenbar froh, dass ihn überhaupt jemand besuchte, denn anstatt zu bellen leckte er Seebergs Hand und wedelte zeitgleich mit dem Schwanz. Die große Anspannung, die anfänglich in Seeberg saß, schwand zunehmend.
„Immerhin schon der erste Empfang ist nicht schlecht, auch wenn es nur der Hund ist",
sagte sich Seeberg. Noch bevor er die Klingel an der Haustür betätigen konnte, wurde diese bereits von innen geöffnet. Da stand sie nun vor ihm, die Frau, die ihn so massiv beschimpft und beleidigt hatte. Sie wirkte sichtlich überrascht und überaus nervös.
Seeberg wollte sich gerade für den unangemeldeten Besuch entschuldigen, als Frau Geldern ihm zuvorkam mit den Worten:
„Guten Morgen, Franz. Ich darf dich ja noch so nennen. Für meine verletzenden Ausfälle letzte Woche auf dem Weinfest möchte ich mich ganz aufrichtig entschuldigen, und ich bitte dich herzlich, diese Ent-schuldigung anzunehmen.
Aber komm doch bitte herein.
Ich möchte nicht so halb auf der Straße Dinge mit dir

bereden, die wirklich sehr persönlich sind."
Nachdem beide in der Küche Platz genommen hatten, begann Hilde Geldern, immer noch ziemlich nervös und mit zitternden Händen, die dann plötzlich beide Hände von Franz Seeberg umschlossen, mit halblauter, gebrochener Stimme:
„Ich weiß, das, was ich an jenem Abend gesagt habe, war dumm und falsch. Ich habe bedauerlicherweise den Falschen angegriffen und beleidigt. Du bist völlig unschuldig in der Sache. Aber an diesem Abend hatte ich etwas zu viel getrunken, und dabei kamen bei mir bestimmte Dinge wieder hoch, die ich einfach noch nicht verdaut habe. Ich will, nein, ich muss dir die ganze Geschichte erzählen, selbst auf die Gefahr hin, dass es in deiner Familie zu schweren Zerwürfnissen kommen wird. Aber darüber muss ich jetzt mit dir reden. Du bist alt genug und wirst es auch verstehen."
Seeberg hörte aufmerksam zu, dabei blickte er sich kurz in der Küche um und fragte:
„Entschuldigen Sie, aber müssen Sie nicht kochen, es ist bald Mittag. Wir können auch später noch darüber reden."
Hilde Gelderns Stimme wurde jetzt ruhiger und fester. Sie hatte sich offenbar wieder gefangen.
„Mach dir keine Sorgen, ich muss nicht kochen. Seit 8 Jahren lebe ich allein, nachdem meine Mutter gestorben ist. Auf mich wartet niemand mehr. Meinen Vater haben diese Idioten noch im April 1945 zum

Volkssturm eingezogen. Dabei ist der Arme auf dem Weg zur Front von einem LKW gefallen. Das nachfolgende Fahrzeug hatte ihn dann überrollt.
Das war sein Heldentod.
Aber nun zu uns.
Deine Mutter und ich waren seit unserer Schulzeit gute Freundinnen. Wir gingen in die gleiche Schule, die gleiche Klasse. Auch unsere Freizeit verbrachten wir oft miteinander. Dann kam dieser unsägliche Krieg. Von Monat zu Monat verschwanden immer mehr junge Männer aus unseren Dörfern und Städten. Zurück blieben die alten Tattergreise und Schuljungen. Und wenn einer von der Front zurückkam, dann war es entweder die andere Hälfte seiner Erkennungsmarke verbunden mit einem kleinen Heldenepos, oder ein an Körper und Seele zerschundener Mann, der mehr mit sich selbst als mit allem anderen zu tun hatte. Aber das Leben hier musste weitergehen. Und auf dem Land kann man ohne Männer die Sache einfach nicht bewältigen. Also kamen nach 1940 etwa zwanzig Kriegsgefangene in unser Dorf, Polen, Russen und auch Franzosen. Uns wurde ein Franzose, eigentlich ein Algerier, aber mit französischem Pass, zugeteilt. Sein Vater hatte ihm schon einen Französischen Vornamen gegeben: Charles. Sein zweiter Vorname war Amir. Ich nannte ihn später aber nur Amour, denn das passte besser zu ihm.
Nun, dieser Charles stammte zwar aus einer

gehobenen Gesellschaftsschicht und kannte körperliche Arbeit überhaupt nicht, aber wissbegierig und fleißig war er schon. Und es dauerte nicht lange, dann beherrschte er nicht nur unsere Sprache recht gut, nein, er war uns ein wertvoller Mitarbeiter im Weinberg und im Keller. Wir verstanden uns von Monat zu Monat immer besser. Und wie das so ist - deutsche Männer waren Mangelware, wie schon gesagt -, und so wurde aus Amir allmählich Amour.
Wir gingen öfter gemeinsam aus, auch deine Mutter nahmen wir wie selbstverständlich mit. Irgendwann einmal konnte ich beobachten, wie sich deine Mutter an meinen Amir heranmachen wollte.
Umso erstaunlicher, weil sie alles Deutsche stets als das Wahre und Edle bezeichnete.
Er war ein gutaussehender Mann von 24 Jahren, mit wunderbaren dunklen Augen und einer leicht gebräunten Haut, die sogar im Winter nicht verblasste.
Für deine Mutter interessierte er sich aber überhaupt nicht, obwohl sie mehrere Versuche gestartet hatte.
Ich glaube, seit 1940 war dann per Gesetz jede Verbindung einer deutschen Frau mit einem Kriegsgefangenen verboten, konnte sogar mit Zuchthaus bestraft werden. Hier auf dem Land sah man das in der Regel nicht so streng. Eines Tages fuhr die GESTAPO bei uns vor.
Charles Amir wurde abgeholt, und man brachte ihn ins Ruhrgebiet in ein Sonderlager. Seitdem habe ich

nie mehr etwas von ihm gehört.
Die drei glücklichsten Jahre meines Lebens gingen jäh zu Ende.
Ich weiß noch nicht einmal, ob er noch lebt.
Etwa eine Woche später wurde auch ich von der GESTAPO abgeholt und vor Gericht gestellt.
Deine Mutter, meine Freundin, hatte mich und meinen Amir denunziert. In ihrem Hass über die Zurücksetzung ihrer Person hat sie all die vielfältigen Eigenschaften und Neigungen dieses Mannes, die ihn als liebenswertes Individuum gekennzeichnet hatten, erst einmal gründlich unkenntlich gemacht. Zurück blieb ein „Franzose, ein Gefangener", als Teil eines unscharf definierten Kollektivs, das sowieso von vielen als minderwertig betrachtet wurde. Demnach waren die nachfolgenden Misshandlungen oder gar der gewaltsame Tod, der ihm drohte für den Denunzianten nicht nur entschuldbar, sondern sie wurde sogar als notwendige Maßnahme aufgewertet. Folglich konnte man straflos denunzieren.
Das war sicherlich kein zivilisatorischer Zugewinn.
Man warf mir vor, ein sexuelles Verhältnis mit einem Kriegsgefangenen zu haben. Glücklicherweise fand ich einen milden Richter, der mich nicht verurteilte.
Aber für meinen Amir wäre ich auch ins Gefängnis gegangen.
Er war meine große Liebe.
Dieses Ereignis führte zum endgültigen Bruch mit

deiner Mutter. Mein Leben war, ich kann es nicht anders sagen, zerstört. Wir bekamen keinen Kriegsgefangenen mehr zugeteilt. Zusammen mit meinen schon wackeligen Eltern musste ich den Hof bearbeiten. Obwohl mich kein Gericht verurteilt hatte, erlebte ich dennoch eine unverblümte Ächtung durch die Gesellschaft. Das war weit schlimmer. Man mied vielfach meine Gesellschaft. Oft genug und unverblümt trat jene innere Schäbigkeit zu Tage, mit der Unzählige infiziert schienen. Bis 1946 wollte mich kein Mann ansehen.
Danach wollte ich(!) keinen mehr ansehen.
Es waren ja doch nur die Feiglinge, die jetzt aus der Deckung kamen. Dann bin ich lieber allein.
So ist meine Situation heute. Vielleicht verstehst du jetzt besser mein schlechtes Benehmen letzte Woche."
Seeberg saß da mit gesenktem Kopf. Das hatte er nicht erwartet. Er musste sich sehr zusammennehmen. Hilde Geldern sollte nicht merken, wie sehr er mit den Tränen kämpfte. Noch bevor die ersten Tränen das blaue Tischtuch benetzten, saß sie schon neben ihm und drückte seinen Kopf fest an ihre Brust. Und nach wenigen Minuten spürte auch Franz, wie Tränen in seinen Nacken liefen. In der Wärme und Weichheit ihrer Brüste spürte er Sanftmut und Zartheit, aber es überkam ihn, im Gegensatz zu Hilde Geldern, keinerlei sexuelle Erregung. Und da sie von seiner Seite keine Begierde verspürte, unterließ sie, wenn auch

ungern, jede Form einer Animation. Die Gefühle aus
der Vergangenheit hatten sie wieder eingeholt.
„Wir tun uns beiden gut",
sagte sie nach einer Weile, von der Seeberg nicht
wusste, ob es Sekunden, Minuten oder Stunden waren.
Völlig unerwartet war er in eine andere Welt geraten.
Wortlos verließ er das Haus. Dem Hund gedankenlos
den Kopf streichelnd, drehte er sich noch einmal um.
Hilde stand in der Tür. Sie sah ihm nach. In ihrem
Blick war keine Wut, sondern eine tiefe Traurigkeit
und Milde. Wiederholt schnäuzte sie in ihr Taschen-
tuch und wischte sich die Tränen aus dem Gesicht.
„Es tut mir alles so unendlich leid, und ich schäme
mich zutiefst für meine Mutter",
sagte Seeberg, nahm sein Fahrrad und in einer selt-
samen Mischung aus Enttäuschung, Wut und Unver-
ständnis machte er sich auf den Heimweg.
Franz konnte an diesem Tag das Thema nicht
erörtern. Er brauchte Zeit.
Zu aufgewühlt wollte er nicht an die Sache
herangehen. Außerdem wollte er nur mit der Mutter
reden, da er nicht wusste, inwieweit der Vater überhaupt über die Sache informiert war. Das Ganze
spielte sich ja vor dessen Zeit ab. Am nächsten Mittag
bot sich die Gelegenheit für ein Gespräch unter vier
Augen. Franz bemühte sich sehr sachlich und ohne die
Spur von Anschuldigung das wiederzugeben, was er
am Vortag erleben musste.

Er vermied es, seinen massiven Seelenschmerz zu zeigen. Die Mutter wurde sichtlich nervös und versuchte, das Geschehene als „dumme Geschichte", die Hilde sich zusammengesponnen habe, abzutun. Nie habe sie jemanden denunziert, und ganz bestimmt nicht diesen eingebildeten Franzosen. Sowieso seien alle Franzosen eingebildet, ob in Freiheit oder als Kriegsgefangene. Das hätte schon ihr Vater im ersten Weltkrieg erfahren.
Franz kochte vor Wut. Den alten Lehrer zu zitieren, der nur so von Dünkelhaftigkeit strotze, und selbst noch im hohen Alter auf die Anrede mit „Herr Lehrer" großen Wert legte. Das war schon des Guten zu viel und überaus geschmacklos.
So dumm - dreist chauvinistisch hatte er seine Mutter noch nicht erlebt.
Ihre Bemerkungen fand er einfach nur ekelhaft rassistisch und beschämend.
„Ich werde nachforschen, wer den damaligen Kriegsgefangenen Charles Amir verraten hat. Darauf kannst du dich verlassen!",
sagte Franz schon sehr erregt, und er spürte eine aufkommende Unsicherheit bei der Mutter. Zögernd begann sie den Versuch einer Rechtfertigung:
„Du musst wissen, irgendwann 1940 kam ein Gesetz heraus, das den Kontakt deutscher Frauen mit Kriegsgefangenen unter Strafe stellte. Manche landeten über Jahre im Zuchthaus. Ich wollte ja nur, dass meiner

Freundin nicht auch so etwas passieren sollte. Nach meiner Aussage wurde sie ja auch nicht verurteilt.
Und dieser blöde Franzose war ja doch unser Feind. Ganz gleich, ob er jetzt gefallen ist oder sonst wie ums Leben kam, ist doch sein Schicksal. Es war halt eben Krieg."
Franz saß regungslos da. Dann schüttelte er den Kopf. „Dreimal in der Woche, läufst du seit Jahren in die Kirche, gebärdest dich als tief religiöse Frau, dabei bist du scheinheilig bis zur Unerträglichkeit. Wegen einer verschmähten Liebe stürzt du gewissenlos andere Menschen ins Unglück. Dann überziehst du auch noch herablassend eine ganze Nation mit dummen Nazi- Pauschalverurteilungen. Du solltest dich heute noch schämen. Am liebsten würde ich mit dir nichts mehr zu tun haben."
Ohne eine Antwort abzuwarten, verließ er den Raum und machte einen langen Spaziergang durch die Weinberge. Er spürte, wie die frische Luft seinem Körper und seiner Seele guttat. Auch wenn die Enttäuschung über seine Mutter sehr groß war und er kein Verständnis über ihr damaliges Verhalten aufbringen konnte – Für immer brechen wollte er mit ihr nicht.

Obwohl die Eltern recht wenig von seiner Forschertätigkeit verstanden, zeigten sie sich dennoch interessiert, besonders seit seiner Zeit in Reims. Franz sah darin mehr eine Form der Höflichkeit als ein

wirklich wissenschaftliches Interesse. Zu groß war mittlerweile der Abstand zwischen Eltern und Sohn. Er erwähnte die Angelegenheit in Aachen nur am Rande. Auch wollte er nicht viel über seine Arbeit reden.
Es gab sowieso seit der Abiturzeit immer wieder schwere Diskussionen, besonders mit dem Vater, die zu keinem Konsens führten. Mit der Mutter redete er nur noch das Notwendigste. Zu tief war der Graben zwischen ihnen.
Als älterer Gymnasiast war Franz ein begeisterter Leser der Erzählungen des Englischen Schriftstellers „William Somerset Maugham" bis zu dem Tag, als er über eines seiner Zitate stolperte, und das er weder verstehen konnte, noch wollte:
„Jede Generation lächelt über die Väter, lacht über die Großväter und bewundert die Urgroßväter."
Für Seeberg galt schon damals diese These als zumindest unübertroffen falsch, wenn nicht sogar höchst gefährlich. Oft fragte er sich:
„Vielleicht kann das für England und die Engländer an sich schon zutreffen. Aber auf uns Deutsche ist dieses Zitat schwerlich zu übertragen.
Wie können wir über die unzähligen Widerlichkeiten, Rohheiten und Verbrechen der „Väter-Generation" lächeln? Liegt nicht schon im Lächeln oder Belächeln jene gönnerhafte Verzeihungs-Gestik, zu der sich der fiese Beigeschmack der Überheblichkeit der Unschul-

digen Generation gesellt?"
Er sah auch neben den unzähligen Opfern ein Kollektiv unter den Tätern, das als Beute der Nazi-Herrschaft willfährig deren Ziele mitverfolgte, und somit ebenfalls zu Opfern wurden. Über all dies konnte Franz Seeberg nicht lächeln.

Und über ihre Großväter zu lachen, die in unvorstellbaren Stellungskriegen im ersten Weltkrieg grausam zu Hunderttausenden auf beiden Seiten brutal geschlachtet wurden, das wollte er absolut nicht. Dieses Lachen wäre einer anstößigen Verhöhnung gleichgekommen. Auch wenn im Nachhinein betrachtet, ihr überzogenes Nationalbewusstsein und die anfängliche Kriegsbegeisterung 1914 sich doch als ziemlich naiv darstellten.
So konnte Franz schon aus Respekt vor den vielen Toten auf beiden Seiten der Schützengräben kein Lachen hervorbringen.
Und was er an seinen Urgroßvätern bewundern sollte? Dass sie die Franzosen 1870/71 besiegt hatten, und dass sie Frankreich mit unglaublichen Reparationszahlungen fast in den Ruin getrieben hatten, mit denen sie aber deutsche Städte mit prachtvollen Villen ausgestattet hatten.
Wie konnte nur einer seiner Lieblingsschriftsteller solch ein Zitat in die Welt setzen?
Hatte er denn die Geschichte mitten im Herzen

Europas über nahezu 100 Jahre komplett ausgeblendet? Und gerade er, erlebte ja ganz persönlich die Geschichte.

Da man auf beiden Seiten der Seebergs die Einsicht gewann, diese kurzen Begegnungen nicht noch mit unsäglichen Streitereien über Politik zu vergiften, kam es, dass sich die Anzahl der Besuche zu Hause stark reduzierten. Die Generationen schienen von einem Frieden jenseits des Burgfriedens noch weit entfernt.
An diesem Tag horchte der alte Seeberg ungewöhnlich interessiert auf, als der junge etwas schwärmerisch von seiner neuen Chefin Marie-France erzählte und wie harmonisch ihr Arbeitsverhältnis sei.
Die Begriffe Freundschaft oder Verliebt sein kamen ihm aber nicht über die Lippen.

Daraufhin fing Rudolf Seeberg an in Erinnerung an Frankreich zu schwelgen, wo er mehrere Jahre während des Krieges stationiert war bis zu seiner Verwundung am „D-Day" , dem Tag der Invasion. Offenbar bewirkte der zunehmende zeitliche Abstand, dass seine Schilderungen an diesem Tag seltsamerweise mehr nach Urlaub als nach Krieg klangen.
Damit konnte Franz Seeberg gerade zu diesem Zeitpunkt nichts mehr anfangen, und so entschloss er sich, doch recht bald den Weg nach Reims zu nehmen,

da er mit den Eltern nicht doch noch schwer aneinander geraten wollte.
Ansonsten blieb der alte Seeberg bei seiner weithin bekannten Einsilbigkeit, wenn Fragen über die Kriegsjahre und Kriegsschuld aufkamen.

Zu viel hätte er sich selber fragen müssen.
Zu wenig Antwort hätte er geben können.
Zu schwierig war die Zeit.
Zu viele Menschen
Zu viele Tote.
Zu viele Lügen.
Zu viel Gewalt.
Zu viel Hass.
Zu wenig Menschlichkeit.
Zu viele „Zus"!

Er fand nicht den Weg zur Überwindung einer gewissen Schamschwelle, um all das zu artikulieren.
Hatte doch beide wieder einmal die unselige deutsche Vergangenheit eingeholt.
Franz Seeberg wusste ja, dass er selbst diese Zeit nicht zu verantworten hatte. Aber der Gedanke daran, dass er und seine Generation eine Verantwortung für die Zukunft haben, beschäftigte ihn immer wieder. Man kann ohne Übertreibung sagen, täglich.
Einer seiner wichtigsten Grundsätze wurde, dass man die Folgen seines Handelns für alle Menschen im Blick

behalten muss. Immer öfter unternahm er den
Versuch, mit Ruhe und Kompromissangeboten
die Schärfe der Auseinandersetzungen zu dämpfen,
denn Teile von ihnen waren im Grunde auch Opfer
der Umstände gewesen.
Vergeblich.
Die Kritik an der Generation der Eltern durch die
Söhne und Töchter war verständlich, da sich nur
selten Menschen fanden, die dazu bereit waren,
aufrichtig über diese Zeit zu sprechen.

Franz kannte nur einen einzigen!
Er hatte ja nie die Absicht, eine vorschnelle Bewertung über die Kriegszeit und das Geschehene auszusprechen.
Er wollte primär nur diese Zeit verstehen.
Aber viele aus der Generation seiner Eltern
verstanden gerade dies nicht.
Aus Furcht vor einer Verurteilung oder des
Nichtverstehens flüchteten sie in den Wald des
Schweigens.
Ihre Kinder trauten sich nicht, diesen zu betreten.

Kapitel 10

Madame Véronique Elise d'Alouette, so der vollständige Name der Mutter von Marie-France, lag nun seit mehr als vierundzwanzig Stunden auf der Intensivstation der Neurologischen Abteilung der Klinik in Caen. Ihre Tochter saß, mit nur wenigen Unterbrechungen, mittlerweile achtzehn Stunden an ihrem Bett, hielt ihre linke Hand, die durch den Schlaganfall gelähmt war. Sie drückte mal ihre Hand, mal bewegte sie ihre Finger und sprach vor allem viel mit ihr.
Dann küsste sie sie wieder, strich ihr immer wieder durch ihr leicht ergrautes Haar.
Öfter mussten die Schwestern energisch diese kleinen Liebkosungen unterbinden, da die Patientin doch Ruhe bräuchte, wie sie immer wieder betonten.
Zwischen Mutter und Tochter bestand eine sehr tiefe innere Bindung, was dem Pflegepersonal nicht verborgen blieb und weswegen man öfter auch ein Auge zudrückte. Mit wieviel Entbehrungen hatte sie doch das Kind, das sie während eines Bombenangriffs beinahe noch verloren hätte, großgezogen. Glücklicherweise konnten die beiden bei Véroniques Bruder

unterkommen, sodass zumindest die finanzielle Not nicht so groß war. Wie oft hatte die Kleine nach ihrem Vater gefragt, und Véronique war bemüht, ihr einen Mann zu schildern, an dem sie sich orientieren konnte, den aber der Krieg möglicherweise beiden genommen hatte. In vielen Gesprächen versuchte die Mutter ihr zu vermitteln, dass der Vater noch existent sei. Sie hoffte, dass sie damit ihr Leben und das des Kindes erträglicher gestalten könnte.

Was allerdings, nüchtern betrachtet, ziemlich grotesk war.

Irgendwann einmal - Marie-France war am Beginn ihrer Pubertät - fragte sie ganz unvermittelt die Mutter abends vor dem Zubettgehen:

„Hat mein Vater die Deutschen eigentlich gehasst?"
Véronique war auf eine solche Frage überhaupt nicht vorbereitet. Eine Antwort darauf bedurfte schon einer gründlichen Überlegung, ebenso einer guten Erklärung, da das Kind mittlerweile mit einem einfachen Ja oder Nein nicht mehr abzuspeisen war.

„Das wird sicherlich eine lange Geschichte, meine Liebe, und ich glaube, das können wir heute Abend auch nicht mehr erörtern. Morgen wollen wir darüber reden, d'accord?",
entgegnete Véronique, und sie war froh, dass ihr noch mindestens eine Nachtlang Zeit blieb, eine glaubwürdige Geschichte zu ersinnen. Marie-France umarmte die Mutter und gab ihr einen Kuss, wie sie es

jeden Abend vor dem Einschlafen tat.
„Aber ja doch, Maman. Du hast bestimmt recht!",
seufzte die Kleine.
In dieser Nacht fand Véronique fast keinen Schlaf.
„Ganz und gar unmöglich, ihr eine neue Geschichte
aufzutischen. Sie entspräche zwar der Wahrheit, aber
könnte das Kind damit schon umgehen?",
fragte sich Véronique. Und dennoch musste sie einen
akzeptablen Ausweg finden.
Am darauffolgenden Nachmittag, nachdem Marie-France die Schule beendet hatte, setzten sich beide im Salon einander schräg gegenüber, und Véronique fing ganz langsam und unter Vermeidung jeglichen Pathos an, eine weitläufige Geschichte zu erzählen. Man hätte glauben können, es wäre eine Geschichtsstunde gewesen, denn sie begann bei Napoleon Bonaparte und dessen Kriege gegen das restliche Europa und gezielt gegen die Preußen.
In wenigen, gut formulierten Sätzen stellte sie die Deutsch-Französische Geschichte von 1799 bis 1945 dar, ohne zu sehr ins Detail zu gehen. Sie hatte sich sorgfältig vorbereitet und nachts noch einige Notizen gemacht, denn die Erörterung dieses Themas nahm sie sehr ernst. Ihre Gedanken und Ansichten wollte sie unbedingt dem Kind mitgeben.
Lediglich zwei Details erwähnte sie kurz, da sie, wie sie fand, schon von Bedeutung waren.
Sie begann mit einem ihrer Urahnen, einem gewissen

Eugen Alouette:
„Er hat sich am 14.Okt.1806 in der Schlacht bei Auerstedt so stark und heroisch gegen die Preußen - näher will ich es mal nicht beschreiben- hervorgetan, dass man ihm neben einem Orden auch noch den Adelstitel eines Chevalier verlieh.
Weiß Gott, was dieser Eugen im Namen des Kaisers alles vollbracht hat!"
Nach einer kurzen Pause fuhr sie fort:
„Mein Vater, also dein Großvater René, hatte im 1.Weltkrieg das große Glück, bereits drei Wochen nach Kriegsbeginn in deutsche Gefangenschaft zu geraten. Seine Einheit wurde schon in den ersten Kriegstagen völlig unvorbereitet von deutschen Ulanen überrannt.
Angeblich hatte er noch keinen einzigen Schuss abgegeben. Nun ja, glauben wir mal die Geschichte. Sie hört sich auf jeden Fall gut an.
Er hat von diesen vier Jahren, die er in deutscher Gefangenschaft verbracht hatte, immer nur Positives berichtet. Ich erinnere mich öfter noch an manche seiner Geschichten, aber damit will ich dich nicht langweilen.

Nun zum Hass. Wenn man, nicht nur in Kriegszeiten, solch tiefe Verletzungen an Körper und Seele erfährt, das Gefühl der Wehrlosigkeit und des Ausgeliefertseins, wenn man all dem ohnmächtig

gegenübersteht, dann empfinden viele Menschen ein Hassgefühl. Dieses Gefühl ist nicht immer gegen eine gesamte Volksgruppe und deren Mitglieder gerichtet. Die Verantwortlichen, die als die Urheber all dieses Leids auszumachen sind, gegen diese Personengruppe entbrannte im 2. Weltkrieg ein massiver Hass, nicht nur von französischer Seite. Auch viele deutsche Soldaten hassten diese widerlich blasierten Nationalsozialisten, die sich schamlos als selbsternannte *Herrenmenschen* über alle Moral hinwegsetzten.
Sie haben auch den Krieg gehasst. Sie haben diese Uniform gehasst.
In ihr sahen sie das Symbol all der Grausamkeiten und der Unterdrückung.
Glaube mir, meine liebe Marie-France, ich habe vieles gesehen, gehört und erlebt während meiner Zeit als Krankenschwester in einem deutschen Feldlazarett. Dein Vater hatte keine Freude oder gar Befriedigung am Hass. Ihm fehlte diese schlechte Charaktereigenschaft einer grundlegenden Feindseligkeit. Er fühlte sich ganz einfach tief verletzt und wehrlos."

      Das Kind hatte aufmerksam den Ausführungen der Mutter zugehört, aber keine weiteren Fragen mehr gestellt. Diese Zweisamkeit mit der Mutter hatte das Mädchen sehr geprägt. Möglicherweise gingen die drei Verbindungen, die Marie-France später zu Männern gehabt hatte, auf-

grund dieser tiefen Mutter-Kind- Bindung frühzeitig zu Ende. Sie konnten ihr nicht das geben, was sie von einer Beziehung erwartete.
Nun kämpfte sie mit allem, was in ihrer Macht stand, um das Leben ihrer Mutter.

Nach vier Tagen wendete sich das Blatt. Von Tag zu Tag machte Véronique immer weiter gesundheitliche Fortschritte. Ihre Sprache wurde wieder deutlicher, auch die gelähmte Hand und die Finger konnte sie nun besser bewegen. Nach weiteren vier Tagen verließ sie die Intensivstation und wurde auf ein normales Krankenzimmer verlegt.
Marie-France beschloss, in den nächsten Tagen wieder nach Reims zu fahren. Durch mehrere kurze Telefonate mit ihrem Vertreter, Monsieur Moutier, wusste sie, dass alles beim alten sei. Monsieur Seeberg sei auch noch nicht aus Deutschland zurück, es gäbe da noch Probleme, erklärte man ihr.

Kapitel 11

In Reims angekommen, suchte Seeberg sofort Philippe auf und bedankte sich nochmals für den guten Tipp mit Michel Soultz. Dann erzählte er ihm genau den Ablauf der letzten Tage, und Philippe hörte gespannt seinen Ausführungen zu. Seeberg war immer noch sehr emotional berührt.
War er doch wieder konfrontiert mit der Zeit der Eltern, deren Euphemismen und dem mangelnden Schuldbewusstsein, besonders bei seiner Mutter. Aber mehr noch erregte ihn ihr Unvermögen, über diese Zeit zu reden. Auch die zeitliche Distanz erschien ziemlich wirkungslos.

„Wie geht es deiner kleinen Monique?",
fragte Seeberg sofort, damit Philippe wusste, dass er doch Anteil an deren glücklichen Zeiten im Bistro nahm.
„Unsere Beziehung ist wirklich ganz wunderbar, und spannend sowieso. Ich habe ein sehr gutes Gefühl bei ihr."
Mehr wollte Philipp dazu noch nicht sagen.
„Und was ist mit Marie-France? Ist sie wieder aus Caen zurück?",

wollte Seeberg wissen.
„Soweit ich von Claudette weiß, will sie übermorgen zurückkommen. Ihrer Mutter ginge es jetzt deutlich besser."
Diese Aussage hob Seebergs Stimmung, und er verabschiedete sich bis zum nächsten Tag. Der Arbeitstag verlief in der gewohnten Routine. Seeberg dachte immer wieder an Marie-France, und er überlegte, wann und ganz besonders wie er ihr seine Gefühle zeigen könnte. Die Überlegungen gingen von einer romantischen Liebeserklärung bis hin zu einem spröden:
„Ich liebe dich!".
Letztendlich kam er zu dem Entschluss, sich nicht von vorneherein festzulegen, sondern sich spontan zu entscheiden. Er bemühte sich ernsthaft alle Planungen zu verwerfen
„Ein erhöhter Dopaminspiegel im Gehirn des frisch Verliebten ebbt in der Regel nach einigen Wochen deutlich ab. Und das war es dann auch!",
sagte sich Seeberg.
Aber bei ihm waren schon allein der Gedanke an sie, und noch nicht einmal der Kontakt die Ursache für seinen bleibend hohen Spiegel dieses Glückshormons im Gehirn. Rein wissenschaftlich betrachtet, müsste das also die wahre Liebe sein! Stellte er bei diesen naturwissenschaftlichen Überlegungen fest. Dann lachte er über sich selbst, dass er solchen albernen

Gedankengängen erlegen war. Auch ohne seine biochemischen Erklärungen war er sich mittlerweile sicher, dass er diese Frau wirklich liebte.
Den kommenden Tag konnte er kaum erwarten. Pünktlich um 9 Uhr hatte er sich mit Marie-France in deren Arbeitszimmer verabredet. Seeberg, der Unpünktlichkeit als einen Ausdruck grober Unhöflichkeit wertete, war schon kurz vor neun bei Claudette Arras im Vorzimmer eingetroffen. In bester Laune hatte er ihr einen guten Morgen gewünscht. Das blieb natürlich der aufmerksamen Sekretärin nicht verborgen, und sie grüßte ebenso freundlich zurück. Dass nicht sie der Grund für die gehobene Stimmung sein konnte, ließ sich denken. Die Gründe lagen sicherlich hinter der Tür des Arbeitszimmers, folgerte Claudette.
Man hielt sich nicht lange mit Antichambrieren auf, und Claudette meldete ihn sofort an.
Schon beim Eintreten, bemerkte Seeberg, dass Marie-France sehr abgespannt und müde wirkte. Mit einem kleinen Lächeln bemühte sie sich, ihre Stimmung zu entkrampfen. Die letzten Tage hatten sie zu sehr gefordert. Aber auch sie selbst hatte sich zu viel gefordert. Das merkte sie erst jetzt, seitdem sie wieder in Reims zurück war. Seeberg trat rasch auf sie zu und begrüßte sie mit zwei zärtlichen Küssen auf jede Wange. Marie-France schien diese Art der Begrüßung offenbar nicht zu irritieren, obwohl sie doch, aus der

Normandie kommend, nur einen Kuss gewohnt war.
„Wie geht es dir und wie geht es deiner Mutter?",
begann Seeberg sofort das Gespräch.
„Du siehst so müde und auch abgespannt aus.
Willst du dich nicht doch noch für ein bis zwei Tage
ausruhen?
Ich kann ja auch später kommen."
„Nein, nein , mon Cher!",
entgegnete sie.
„Es ist mir lieber, ich habe jetzt wieder andere
Gedanken im Kopf. Sonst bin ich nur noch in
Caen und im Krankenhaus.
Wie war`s in Aachen? Lief alles glatt?",
wollte Marie-France wissen. Nach einem kurzen
Zögern erklärte er ihr zunächst grob die massiven
Schwierigkeiten, die ihm ein gewisser Prof. Braun
bereitet hatte. Aber man sehe jetzt doch eine Möglich-
keit, diesen Mann auszuschalten.
„Was ist denn das für eine Wortwahl!",
unterbrach ihn Marie-France sichtlich empört.
„Das klingt ja schon kriminell!"
Seeberg beruhigte sie.
„Entschuldige bitte, das ist sicherlich der falsche Aus-
druck. Besser gesagt, wir wollen ihn seiner Ämter
berauben. Aber dazu brauchen wir noch einige
Monate Zeit für umfangreiche und sichere Recherchen
sowie stichhaltige Dokumente mit klaren Beweisen."
Nach einer kurzen Pause kramte er einen liebevoll

verpackten, weichen Mandel-Nougat aus seiner
Aktentasche hervor. Er reichte ihn Marie-France
mit den Worten:
„Ein lieber Gruß aus Aachen, eine Spezialität von
dort, für dich. Ich hoffe, du magst so etwas."
Marie-France errötete leicht, hatte sich aber schnell
wieder im Griff und bedankte sich mit den Worten:
„Mon Cher, das freut mich ja wirklich.
Solche Süßigkeiten sind mein Leben. Gerade jetzt
kommen sie zur richtigen Zeit. Vielen Dank!"
Sie nahm das kleine Geschenk entgegen, beugte sich
nach vorn und küsste ihn auf die Wange. Seeberg war
schon etwas irritiert über die Wirkung seines kleinen
Mitbringsels, aber mehr noch freute es ihn, dass sie
ihn „Mon Cher" nannte und ihn zudem küsste.
Und, dass der Nougat „ihr Leben sei" war zwar
immens übertrieben, aber spontan brachte sie doch
ihre große Freude darin zum Ausdruck.
Während Seeberg in seiner bekannt ausführlichen,
manchmal auch etwas langatmigen, für einige sogar
lästigen Art begann, diese ganze Aachen-Geschichte
auszubreiten, lehnte sich Marie-France im Sessel
zurück und hörte ihm interessiert zu. Seeberg ließ
keine Details aus, damit sie das Geschehen, wie er
glaubte, besser verstehen könne. Zwischendrin
unterbrach sie ihn kurz mit dem Vorschlag, den
Nougat mit einem Kaffee zu probieren. Seeberg
stimmte zu. Nicht lange danach servierte Claudette

den Kaffee und verschwand wieder in ihrem
Sekretariat, ohne ein Wort zu sagen. Sicherlich
hatte sie das Nougat-Geschenk wahrgenommen.
Möglicherweise war sie sogar leicht verschnupft,
dass Seeberg sie nicht auch mit einem kleinen Geschenk bedacht hatte.
Aber so war es nun mal!
Er hatte damals wirklich an andere Dinge zu denken.
Nach einer kurzen Pause setzte er seinen Bericht fort.
Dabei geriet er, zunächst unbeabsichtigt, in Erinnerungen an seine Kindheit auf dem Land, seine Studentenzeit, seine Probleme mit dem Vater.
Die wirklich schwerer wiegenden Probleme mit der
politischen Kleingeistigkeit der Mutter ließ er aber
bewusst unerwähnt.
Marie-Frances Blicke hingen an seinen Lippen, und
sie bemerkte, dass sie ihm stundenlang hätte zuhören
können.
Bereits ziemlich verliebt und versunken in seine ruhige
Stimme, stellte sie irgendwann fest, dass er einen
schönen Kussmund habe, als gäbe es auf der ganzen
Welt keinen schöneren Mund, den sie zu gerne einmal
küssen möchte.
Seeberg war schon bald zu Ende mit seiner, wie sie
meinte, unfertigen Geschichte, als er nach einem
kräftigen Schluck aus der Kaffeetasse von ihr unterbrochen wurde:
„Darf ich dir etwas vom Nougat anbieten?"

Seeberg lehnte dankend ab, und bevor er weitererzählen konnte, sagte sie leise:
„Ich könnte dir wirklich stundenlang zuhören."
Seinen Sessel hatte Seeberg nun sehr nahe an den von Marie-France gerückt und seinen rechten Arm um sie gelegt. Sie hörte ihm weiter mit Interesse zu, bis er mit seinen Ausführungen wieder in Reims war.
Nebenbei, der zweite Teil seiner Ausführungen war eine sonderbare Mischung aus Pathos und Sachlichkeit.
„Das war ja wirklich nicht sehr angenehm, was sich da in Aachen abgespielt hat. Denkst du, dass sich da noch etwas ändern lässt?",
fragte Marie-France. Daraufhin antwortete Seeberg:
„Vieles, wenn nicht sogar alles, hängt davon ab, wie gut dieser Michel recherchiert und wie wir seine Ergebnisse verwenden können."
So saßen sie beieinander und machten sich Gedanken um die Zukunft, und ganz besonders um einen Entwurf für ein gemeinsames Leben, das so unvermutet begonnen hatte, und wie von selbst nach Dauer verlangte. Dabei kamen sich ihre Gedanken und ihre Körper immer näher, und es brauchte nicht der Worte „Ich liebe Dich!", denn die Liebe durchfloss beide an diesem Morgen gleich stark.
„Aber nun zu dir. Wie war es in Caen? Was macht deine Mutter? Oder willst du nicht darüber reden?"
„Doch, doch",

antwortete Marie-France sofort und begann mit dem Morgen, als der Schlaganfall die Mutter traf. Während sie darüber berichtete, wie sie die Stunden und Tage am Bett der Mutter gewacht hatte, fand sie auch den Weg, mit Franz viele ihrer eigenen Erinnerungen gemeinsam zu gehen.

Sie sprach mit ihm über ihre Studentenzeit, auch die in Deutschland, ihre Kindheit allein mit der Mutter und später mit dem Onkel in Oissy.
Obwohl sie vom Onkel, der ledig geblieben war, gut behütet wurde und sie behandelte wie sein eigenes Kind, konnte er doch keinen Vaterersatz einnehmen. Wenn sie mal auf seinen Beinen saß und sich wie an einen Vater drücken wollte, spürte sie immer eine gewisse Sperre und Distanz bei ihm.
Dies blieb unverändert bis zu ihrem Weggang aus Oissy, dem kleinen Ort, wo er seine Gärtnerei betrieb. Er war ein gutherziger und großzügiger Onkel, aber er war eben kein Vater. Daher hatte sich ihre ganze Liebe auf die Mutter konzentriert. Jetzt, da ihr der drohende Verlust des liebsten Menschen, den sie hatte, so unmittelbar vor Augen geführt wurde, spürte sie wieder ein Verlangen nach liebevollen Annäherungen, was sie schon fast vergessen hatte.
Sie wollte Franz nicht mit ihren Bekanntschaften früherer Jahre vergleichen.
Das, dachte sie, ist unsinnig, denn das waren andere

Zeiten. All diese Männer waren um Jahre jünger und unreifer gewesen.

Franz, obwohl um drei Jahre jünger als sie, war in seiner Art ein ruhiger und sehr disziplinierter Mann, der auf sie eine wohltuende Gelassenheit ausstrahlte, jedoch ohne jeden Anflug von Überheblichkeit.

Beiden tat der Austausch von Erfahrungen besonders wichtiger Lebensabschnitte gut, und sie hätten gerne noch länger darüber geredet. Aber mittlerweile war es schon Mittag, und bevor Madame Arras die beiden in einer solch vertrauten Situation vorfinden würde, verabschiedete sich Seeberg recht abrupt mit den Worten:

„Es waren schöne Stunden mit dir. Ich würde am liebsten die Zeit anhalten, denn ich habe dir noch so viel von mir zu erzählen."

Kapitel 12

Die kommenden Wochen und Monate zogen sich langatmig durch die Champagne. Im Labor verlief alles in den altbekannten Ritualen. Selbst über dem Institut lag eine bleierne Schwere. Man hoffte auf die Arbeiten aus Aachen, die der Forschungsgruppe neuen Schwung und neue Ideen bringen sollten. Die wirklich positiven Abwechslungen in diesen Monaten waren für Seeberg die nun häufigeren Kontakte mit Marie-France, die allerdings sehr behutsam, aber dennoch stetig an Leidenschaft zunahmen. Was sich nicht unbedingt gegenseitig ausschließen muss.

So verging der Sommer. Und im Spätsommer, mit dem Beginn der ersten Traubenernte, kam ein Anruf aus Straßburg, in dem Michel Soultz seinen alten Schulfreund Philippe Berger mitteilte, dass er jetzt sehr umfangreiches Material beisammen habe und man diesen gewissen Prof. Braun damit buchstäblich demontieren könne.
Zudem bat er, auch Seeberg darüber zu informieren.

Als Seeberg dies erfuhr, telefonierte er sofort nach
Straßbourg, und man vereinbarte für die kommende
Woche ein Treffen zusammen mit seinem Freund
Gregor in Aachen. Franz Seeberg wählte das gleiche
Hotel wie Monate zuvor und verabredete sich dort
mit seinem alten Freund und Kollegen, den er kurz
über den neuesten Stand der Dinge informierte. Nach
seiner Ankunft bat er ihn für den darauffolgenden
Morgen ins Hotel. In dieser Nacht fand Seeberg
keinen Schlaf.
Immer wieder wachte er auf, machte sich Notizen und
skizzierte unterschiedliche Schlachtpläne, wie sie den
alten Nazi-Schergen bearbeiten könnten, sodass dieser
sprach- und machtlos werden sollte.

Gregor war pünktlich gegen 9 Uhr bei Seeberg.
Man hatte sich in seinem Zimmer treffen wollen,
damit die brisanten Informationen nicht mitgehört
werden konnten.
Sehr ausführlich erklärte Seeberg seine Strategie und
verwies auf die sicheren Dokumente aus Straßbourg,
die sie jeden Augenblick erwarteten. Kurz nach 12 Uhr
meldete sich eine Dame von der Rezeption und
kündigte einen Monsieur Michel Soultz an. Seeberg
wollte den Besuch nicht warten lassen, und umgehend
eilte er, in Begleitung von Gregor, sofort ins Foyer.
Der Gast aus dem Elsass war leicht auszumachen,
da er der einzige Mann an der Rezeption war.

Etwas entfernt von ihm standen zwei Frauen, die aber ganz offensichtlich nicht zu ihm gehörten.

Er war lässig in Jeans und einem grauen Rollkragenpullover gekleidet. Darüber trug er eine braune Cordjacke. Seeberg schätzte ihn so etwa Mitte dreißig, auch wenn sein brauner Vollbart ihn ein paar Jahre jünger aussehen ließ.
Gezielt gingen beide auf den Franzosen zu, und Seeberg streckte bereits seine Hand zum Gruß entgegen.
„Monsieur Michel Soultz aus Straßbourg, wenn ich nicht irre?"
„Aber sicher, Monsieur! und dann sind Sie der Freund von Philippe Berger, Monsieur Seeberg, nicht wahr?"
Nachdem man sich herzlich begrüßt und dabei auch Gregor Schmitz mit ins Gespräch genommen hatte, entschied man sich zunächst einmal für eine kräftige Mittagsmahlzeit, bevor man an die Arbeit gehen wolle. Die Hotelküche galt als besonders gut, und so entschloss man sich, vor Ort zu speisen, aber auch um keine Zeit zu verlieren, denn man plante schon den morgigen Tag, als den *Tag der Braun`schen Enttarnung*.
Nach dem Mittagsmahl bezog Michel sein Zimmer, und kurz darauf traf man sich bei Seeberg.
Der Elsässer, der übrigens ein ausgezeichnetes und akzentfreies Deutsch beherrschte, unterbreitete eine

ganze Reihe von Dokumenten, die Prof. Braun hinsichtlich seiner Vergangenheit aus den Jahren 1933 bis 1945 massiv belasteten. Gregor Schmitz wollte wissen, wie er so schnell an solch brisante Dokumente kommen konnte. Der Franzose konnte verständlicherweise seine Quellen nicht komplett preisgeben, aber er verriet wenigstens so viel: „Nicht weit von meinem Heimatort, in Natzweiler-Struthof im Elsass, hatten die Nazis ein KZ errichtet, in dem sie vorwiegend französische Häftlinge, unter anderem auch aus Lothringen, Épinal und Nancy, zusammengeführt hatten. Von den insgesamt 52 000 starben 22 000 an Krankheit, Kälte, Haftfolgen und Mangelernährung, oder sie wurden schlichtweg ermordet.

In all den Unterlagen dieses KZs fand ich wiederholt den Namen des SS-Apothekers Karl-Friedrich Braun, SS-Hauptsturmführer. Mit seiner SS-Nummer war es dann nicht mehr schwierig, seinen Werdegang im dritten Reich und der SS nachzuverfolgen. Nach seinem Eintritt in die NSDAP 1936 erfolgte dann 1939 der Eintritt in die SS als Obersturmführer. Alles gründlich und genau recherchiert.

Und offen gesagt, freue ich mich schon auf morgen früh, wenn ich Rache nehmen kann. Die Gräueltaten an meinen Landsleuten, besonders die Ermordung meines Onkels aus Épinal, bleiben unvergessen."

Mittlerweile war es schon Abend geworden, und man hatte die gemeinsame Strategie festgelegt. Jeder wollte jetzt aber den Abend für sich alleine sein, denn alle dreien rauchte der Kopf. Also verabschiedete man sich mit einem „Au Revoir!" für den kommenden Morgen 9.45 Uhr vor dem Institut.

Seeberg spürte das Adrenalin in seinem Körper, wie auch die beiden anderen Mitstreiter. Nach kurzer Begrüßung vor dem Institut eilten sie in den ersten Stock und traten kurz, nachdem sie angeklopft hatten, ins Sekretariat ein.
Sie hatten das „Herein!" gar nicht abwarten wollen.
Die „Langmähnige" war sichtlich erschrocken, wie sich diese drei Entschlossenen mutig Zutritt in ihr Büro verschafft hatten.
Auf die Frage, ob Prof. Braun da sei, stotterte sie ein zaghaftes:
„Aber ja".
Noch bevor sie die Gegensprechanlage betätigen konnte, hatte Seeberg mit einem energischen und lauten Knarren die Tür zum Büro aufgerissen, und alle drei standen im Zimmer.
Gregor Schmitz schloss die Tür, drehte den Schlüssel zweimal im Schloss herum und steckte ihn in die Hosentasche. Seeberg hatte mittlerweile das Telefonkabel und das Verbindungskabel zur Gegensprechanlage mit der Langmähnigen mit je

einem kräftigen Ruck entfernt. Nun waren sie allein mit ihm.
Keine Zeugen.
Keine Möglichkeit für ihn jemanden anzurufen. Er war ihnen hilflos ausgeliefert.
Braun war zunächst nicht in der Lage, nur ein Wort zu sagen. Er verharrte hinter seinem Schreibtisch in einer Art Schockstarre. Völlig verunsichert, ja ängstlich blickte er nacheinander in jedes Gesicht dieser drei Eindringlinge, die offenbar zu allem entschlossen zu sein schienen. Es war das Bild einer geradezu jämmerlichen, fast bemitleidenswerten Person, das Braun in diesem Augenblick der Bedrängnis abgab. Nachdem er sich wieder ein wenig gefasst hatte, fragte er ziemlich kleinlaut:
„Was wünschen die Herren?"
Gleichzeitig bot er ihnen mit einer sehr unbeholfenen Geste einen Platz an.
„Wir stehen lieber, als dass wir uns mit Ihnen auf eine Ebene begeben werden", fuhr Seeberg ihn an:
„Und was wir wünschen, das sollten Sie sich schon denken können.
Nicht mehr und nicht weniger als das, was mir zusteht, eigentlich eine Selbstverständlichkeit:
Den freien Zugang zu meinen persönlichen Unterlagen sowie die Aufhebung Ihres albernen Hausverbotes, Herr SS-Hauptsturmführer in Ruhe, oder doch noch nicht?"

Seebergs Ton war laut, klar und ganz bestimmend. Seine Sprache ließ absolut keine Interpretationsmöglichkeit offen.
Gleichzeitig warf Michel Soultz einen Stapel seiner Dokumente auf den Schreibtisch. An vielen Stellen waren Namen, besonders dort, wo der Name Braun auftauchte, gelb und rosa mit einem Stift markiert.
Alles dokumentiert! Jede Sauerei! Jede menschenverachtende Anordnung an Untergebene!
Jede Arroganz eurer Herrenrasse!
Insbesondere in dem dümmlichen Ahnenerbe haben wir auch Ihren Namen im Institut der Wehrwissenschaftlichen Zweckforschung gefunden. Dies war natürlich ein taktischer Zug von Ihnen, um sich in der Machthierarchie zu etablieren. Hierin erkennt man unschwer Ihre geschmacklose Bauernschläue. An den hohen Bäumen merkt man, woher der Wind weht.
Gut dokumentiert, Eure Unmenschlichkeit, bestätigt durch die unzähligen tödlichen Menschenversuche an KZ Häftlingen in Dachau und meiner Heimat, in Natzweiler-Struthof im Elsass.
Widerlich, Eure Anmaßung über das Schicksal von Kranken und Behinderten zu entscheiden!
Auch hier in dieser Tarnorganisation, der Zentraldienststelle T4 in Berlin Tiergartenstraße 4, fanden wir Zeugnisse des SS-Hauptsturmführers Braun",
dabei zeigte Michel auf ein weiteres Dokument.

„Das systematische Ermorden Kranker und Behinderter habt Ihr SS-Leute in euphemistischer Art zudem noch schamlos als Euthanasie bezeichnet. Alte und junge lebten in einem unbeschreiblichen Chaos zusammen, und zu essen gab es, was das Personal übrig ließ. All diese Abscheulichkeiten einer bespiellosen Barbarei sind nicht zu überbieten!"
Daraufhin schwieg der Franzose eine kurze Zeit, um dann zu seinem Schlusssatz zu kommen.
„Eigentlich wollte ich Sie ja erschießen, aber dieser Tod wäre doch zu gnädig für Sie.
Sie, als Verfechter des Gnadentodes.
Aber stattdessen werde ich in mehreren Zeitungen einen umfangreichen Artikel über den ehemaligen SS-Apotheker Prof. Dr. Braun veröffentlichen, und man wird Sie hoffentlich aus diesem Institut jagen wie einen räudigen Hund.
All diese Unterlagen gehen heute noch an den Dekan der Universität, den Kultusminister und den Oberbürgermeister der Stadt Aachen. Ach, fast hätte ich es vergessen, die beiden US- Pharmafirmen, mit denen Sie unverändert gut kooperieren, erhalten ebenfalls diese Informationen komplett.
In beiden Aufsichtsräten sitzen glücklicherweise auch einige Juden, was der Sache sicherlich noch eine gewisse Würze verleiht.
Die Dummheit mit dem Bekenntnis zu Adolf Hitler 1933 hätte man Ihnen ja noch verzeihen können.

Aber was danach kam, dafür gibt es keine Entschuldigung.
So werden Sie den Rest Ihres Lebens ein Geächteter bleiben, vor dem man ausspucken wird und mit dem niemand etwas zu tun haben will. Übrigens, diese Unterlagen sind nur eine der vielen Kopien.
Ein Erschießen wäre geradezu eine Gnade gegen das, was sie zukünftig erwarten wird."
Michel Soultz hatte die Wirkung seines Auftritts genau richtig kalkuliert, auch wenn ein Teil seiner Ausführungen ein wenig staubig klangen. Brauns zuvor hochroter Kopf blasste ab, und er atmete schwer. Seine „Herrschaft" zeigte jetzt eindeutige Zeichen einer schweren Erosion.
„Ach ihr jungen, dummen Schnösel, ihr wisst ja gar nichts über diese Zeit!"
Dann verstummte er und schwieg immer noch als die drei den Raum schon verlassen hatten.
Die Langmähnige war sichtlich mitgenommen.
Offenbar hatte sie an der Tür gelauscht. Die drei verließen im aufrechten Gang das Büro, und Gregor meldete sich zum Besuch ins Labor ab.
Man hätte den Eindruck haben können, als wäre nie jemand hier gewesen.
Etwa eine Stunde später tauchte Gregor bei Seeberg auf, übergab ihm triumphierend zwei Kladden und einen Ordner mit Aufzeichnungen aus dessen Zeit im Labor.

Für den Abend hatte man sich in der Karlsklause
verabredet, um den Sieg über einen *Sohn der Hölle*,
wie sie ihn nannten, zu feiern. Dies taten sie ausgiebig
mit Wein und Champagner bis zur Polizeistunde. Am
nächsten Morgen hatten alle drei einen schweren
Brummschädel.
„Aber der war es wert!"
bemerkte Michel beim gemeinsamen Frühstück.
Gregor hatte den Weg nach Hause nicht mehr
geschafft, also hatte er auf der Couch in Seewalds
Zimmer geschlafen.
„Ich bin euch beiden unendlich dankbar",
sagte Seeberg.
„Dir für deine Loyalität und Freundschaft."
Dabei hob er das Glas Orangensaft und prostete
Gregor zu.
„Und dir, lieber Michel",
- man hatte am Abend zuvor die deutsch–französische
Freundschaft wiederholt betont und manchmal sehr
laut besiegelt -,
„danke ich für deine exzellente Arbeit, ohne die wir
den alten Braun nicht so gründlich in den Orkus
versenkt hätten. Nochmals vielen Dank.
Was hast du als Honorar für deine Arbeit gedacht?"

Der Franzose hob beide Hände und erklärte:
„Mon Dieu, erstens war mir das eine ganz persönliche Genugtuung, solch einem Individuum all das

ins Gesicht zu sagen, was ich sonst nur schreiben kann. Zum anderen kann ich von dem Honorar dieses Artikels, der an verschiedene Zeitungen auch in Deutschland geht, bequem einige Monate leben."
Kurz nach dem Frühstück verabschiedete man sich voneinander, und ein jeder ging seinen Weg. Gregor zurück ins Institut, wo ihm schon Kollegen entgegenkamen. Sie berichteten ihm, dass Braun einen Herzinfarkt erlitten habe und man ihn in der Medizinischen Klinik behandeln müsse.
Michel fuhr nach Freiburg, wo er in der Redaktion einer großen Zeitung vorsprechen wollte, bei der er einen Vertrag in Aussicht hatte.
Seeberg fuhr am kommenden Tag nach Reims zurück. Im Institut wartete man schon wissbegierig auf die Ergebnisse der Aachen-Tour.

Kapitel 13

Nachdem Seeberg kurz die Assistenten davon in Kenntnis gesetzt hatte, dass er jetzt im Besitz all seiner Unterlagen sei, war man sichtlich erleichtert, obwohl ja keiner der Mitarbeiter genau wusste, welche Bedeutung diese Arbeiten für ihre gesamte Forschung haben könnte.

Kurz darauf verabredete er sich wieder mit Marie-France in ihrem Arbeitszimmer. Man setzte sich, wie beim letzten Mal, am Schreibtisch schräg gegenüber. Noch bevor Seeberg mit den langen Ausführungen begann, legte er seinen kleinen Aktenkoffer auf den Schreibtisch und holte dann zwei dunkelblaue Kladden sowie einen dicken Ordner hervor.
Dann berichtete er über alle Details des Treffens mit Braun und die Demontage dieses *Höllensohns,* wie er ihn nannte.
Marie-France hörte ganz angespannt zu.
„Und wie ging es mit diesem Prof. Braun weiter?", fragte sie. Seeberg antwortete knapp:
„Man hat das Schwein höflich hinausgeschmissen, indem man öffentlich bekannt gab, dass er aus gesundheitlichen Gründen seine Position im Institut

aufgeben müsse. Wir hatten ihm ja durch unser
Auftreten offenbar einen Herzinfarkt produziert,
was aber erstaunlicherweise niemand erwähnte.
Offiziell wurden ihm noch etwas Dank und das
übliche Blah-Blah nachgeworfen. Sinnvollerweise
vermied man es, ihm eine Verabschiedungsfeier
anzubieten. Aber all dies interessiert mich nun
überhaupt nicht mehr."

Befreit von der Last des Aachener Abenteuers,
brachen jetzt bei Seeberg die sonst so sicheren
Schranken.
Für Marie-France recht unvorbereitet, ließ Seeberg
nun seinen Gefühlen freien Lauf, und er vergaß in
einem Anflug ungebremster Elementargewalt mit
Küssen und Umarmungen vollkommen die Brisanz
der Situation.
„Übermorgen ist schon Samstag, da könnten wir in die
Champagne fahren und bei Spaziergängen lange
Gespräche führen",
sprudelte es aus ihm heraus. Marie-France gefiel der
Vorschlag. Sie nickte kurz zwei, drei Mal, und noch
bevor sie ihr „Ja gerne!",
loswerden konnte, hatte Franz sie erneut fest an sich
gepresst und geküsst.
Ihr staunender Blick, begleitet von einem Ausdruck
von Zufriedenheit verzauberte ihr Gesicht, und das
Einverständnis der Umarmung verstärkte das

plötzliche Glück der Berührung und wie selbstverständlich erwuchs in beiden eine Sehnsucht nach Dauer und Unendlichkeit.
Er spürte keine Abwehr.
Beim Verlassen des Arbeitszimmers drehte er sich noch einmal kurz um, lächelte zu Marie-France hinüber zum Schreibtisch, die sein Lächeln noch anmutiger als sonst erwiderte. So schien es ihm zumindest an diesem Vormittag. Madame Arras war glücklicherweise in ein Telefonat verwickelt, sodass er nur mit einer knappen Verbeugung ihr Zimmer schnell passieren konnte. Ihm war nicht klar, ob sie nicht doch bei ihrer scharfen Beobachtungsgabe zumindest eine Vermutung haben könnte.
Den restlichen Tag verbrachte er an seinem Arbeitsplatz. Zwischendrin hatte er eine Kleinigkeit gegessen. Seine Gedanken, immer noch ganz bei Marie-France, erschwerten die Arbeit eher, als dass sie dadurch beflügelt wurde.
In der darauffolgenden Nacht schlief Seeberg wie ein Stein. Am nächsten Morgen wunderte er sich, dass er überhaupt nicht von Marie-France geträumt hatte. Er war über den fehlenden Traum, der ja nach Sigmund Freuds Traumdeuterei die Befriedigung eines verdrängten Triebwunsches sei und höchst intime Botschaften enthalte, maßlos enttäuscht.
Also flüchtete er sich in die von ihm selbst gesteuerten Tagträume.

Aus einem dieser Tagträume wurde er durch einen Anruf von Marie-France geweckt, in dem sie ihm vorsichtig mitteilte, dass sie nur einen kleinen Teil seiner Aufzeichnungen habe lesen können. Der überwiegende Teil sei anagrammiert und ohne die Kenntnis seines Schlüssels nicht zu knacken. Seeberg entschuldigte sich vielmals und versprach, je nach ihrem Wunsch, mit ihr die Caesar-Verschlüsselung zu entziffern. Marie-France, die ebenfalls seit dem gestrigen Tag sehr oft und auch mit einer gewissen Sehnsucht, wie sie sich selbst eingestehen musste, an Franz dachte, schlug die Zeit nach der Mittagspause vor. Madame Arras hatte sie schon morgens mit der Begründung verabschiedet, dass sie sich ein etwas verlängertes Wochenende gönnen solle, denn sie bräuchte sie an diesem Tag nicht mehr.
Die Mittagspause verbrachte Seeberg mit Philippe und fünf weiteren Assistenten, wie so oft, im Bistro bei Gustave und Monique.
Kaum hatten sie das Lokal betreten, war Philippe mit seinem scharfen Rundumblick schon dabei, das gesamte Etablissement nach „seiner" Monique abzusuchen. Noch bevor er bei Gustave am Tresen angelangt war, um nach ihr zu fragen, hatte sie ihm schon von hinten auf die Schulter getippt und ihn mit einer geschraubten Frage überrascht:
„Suchen Monsieur Philippe noch ein Plätzchen?"
Philippe drehte sich freudig überrascht um und küsste

sie zweimal auf jede Wange. Dann wandte sie sich
Seeberg zu und küsste auch ihn. Dabei sagte sie leise,
damit es keiner der Umherstehenden hören konnte:
„Haben dich die Deutschen wieder ziehen lassen?
Wir sind ja froh, dich wieder bei uns zu haben."
Seeberg war über diese Äußerung überrascht und
erfreut,- war diese Begrüßung doch sehr aufrichtig
und freundschaftlich. Die Franzosen hatten ihn
offenbar akzeptiert. Man nahm eine Kleinigkeit zu
sich und trank dazu einen trockenen Rosé. Monique
machte heute etliche Umwege beim Bedienen, und
dabei brachte sie bei jedem Gang vom Tresen zu den
Gästen ihren prallen Hintern wedelnd bei Philippe
vorbei, der offenbar diese kleinen Geschenke zu
würdigen wusste, jedenfalls bestimmt fachmännischer
als die übrigen Assistenten.
Monique gefiel das Spiel mit den Männerblicken
offensichtlich sehr.
Seeberg hatte Philipp vorsorglich warnen wollen, dass
er möglicherweise nicht der einzige Begutachter dieser
privaten Varieté-Vorstellung sein könnte.
Doch Philippe war unbeirrbar.
Er hatte Recht!
Hin und wieder hatten sich Seeberg und Philippe
verabredet, abends noch ein wenig auszugehen oder
etwas Sport zu treiben. Beiden gemeinsam war die
Freude am Langlauf und am Schwimmen. Aber in der
letzten Zeit hatte Philippe immer öfter Monique den

Vorzug gegeben. Er hatte keine Probleme damit Seeberg diese Bevorzugung seiner Monique offenzulegen und gebrauchte dazu auch keine albernen Ausreden.
Beide waren in der Tat ganz ineinander verliebt, obwohl Philippe schon gut zehn Jahre älter als Monique war. Sie liebte seine Art, seine Jugendlichkeit, seine Offenheit und ganz besonders seinen unkomplizierten Umgang mit Sex.
Durchtrainiert und drahtig wie er war, wirkte er eher wie ein Mittzwanziger.

Eines Morgens, noch bevor sie mit ihrer Arbeit begannen, berichtete Philippe seinem Freund Seeberg über eine Neuigkeit, die er von Monique erfahren hatte. Einer der „Alt-Assistenten" sci ihr Onkel, und er habe ihr die Anstellung bei Gustave und Antoinette vermittelt, damit sie sich dort etwas Geld für ihr Studium verdienen könne. Dieser Alt-Assistent ist jener Monsieur Moutier, der Marie-France während ihrer Abwesenheit vertreten hatte. Dank seiner guten Beziehungen konnte sie ziemlich schnell ein Zimmer, nicht weit vom Bistro entfernt mieten, in dem Philippe jetzt immer öfter die Nächte mit Monique verbrachte. Die schon quälenden Ambitionen auf den Posten des stellvertretenden Laborleiters wurden von Woche zu Woche weniger lästig, da sich der Elsässer jetzt des Öfteren mit weit schöneren Dingen beschäftigte.

Die Mittagspause neigte sich dem Ende zu, und man
begab sich wieder, ähnlich einer kleinen Prozession,
zum Institut, erzählte unterwegs über dies und das.
Mancher machte bewundernde Bemerkungen über
Monique, aber Philippe ließ sich von den Franzosen
nicht aus seiner elsässischen Ruhe bringen.
Darin war er dem Deutschen wieder sehr ähnlich.
Seeberg erklärte, er müsse jetzt mit Marie-France
wichtige Teile seiner anagrammierten Arbeiten aus
Aachen entschlüsseln. Kurz darauf verabschiedete er
sich von den Kollegen.
Als er das Zimmer von Claudette Arras betrat,
wunderte er sich, dass die Sekretärin bereits gegangen
war. Ihr Arbeitsplatz war aufgeräumt.
Nach einem kurzen Anklopfen betrat er das Arbeitszimmer von Marie-France. Sie trug diesmal keinen
weißen Arbeits-Kittel.
Eine lachsfarbene Seidenbluse mit einem schmalen
Kragen, darüber die Bernsteinkette. Der Anblick gefiel
ihm. Anstatt eines Rocks, trug sie Jeans.
„Wie schön, dass du Zeit gefunden hast",
begrüßte sie ihn, und beide küssten sich flüchtig.
„Wollen wir gleich anfangen? Denn wie ich sehe,
liegt da doch noch sehr viel Arbeit vor uns, die
getan werden muss!"
Wohl nicht umsonst hatte Marie-France diese
Position. Er wusste ja, dass sie Recht hatte. Aber zu
gerne hätte er sie jetzt gedrückt und geküsst. Nach

zwei Stunden intensiver Arbeit entschlossen sie sich für eine Pause von etwa zehn Minuten.
Man ging im Labor etwas auf und ab, streckte und dehnte sich, und obwohl sie es nicht beabsichtigten, standen sich dann beide, wie von einer überirdischen Leitstelle gesteuert, frontal gegenüber.
Die Ausweglosigkeit der Situation war zwar von beiden nicht beabsichtigt, aber einem aufmerksamen Beobachter wäre ihre leise Freude darüber sicherlich nicht entgangen.
Er umarmte sie zunächst zärtlich, und als sie ihre Arme um seinen Hals legte, drückte er sie fest an sich. Der anfangs sanfte Kontakt beider Körper steigerte sich in eine zunehmend intensive Berührung und in ihnen wuchsen der Wunsch und die Leidenschaft nach noch mehr Nähe und tiefer innerlicher Vereinigung.
In ihren Gefühlen und in Gedanken waren sie schon längst vereint. Noch bevor dieser Rausch, den beide gleichermaßen genossen, verfliegen könnte, ergriff Marie-France die Initiative. Zärtlich ergriff sie seine Hand und sagte:
„Komm doch bitte mit!"
Sie verließen das Arbeitszimmer durch eine Tür an der Stirnseite des Raumes und gelangten in ein Treppenhaus, das Seeberg bis dahin verborgen geblieben war. Er blickte sich etwas neugierig um. Marie-France zog ihn auf dem Weg zum Ober-

geschoss leichtfüßig hinter sich her.
Große Mühe hatte sie nicht, denn Seeberg wäre am liebsten schon vorausgeeilt.
Sie hatte hier eine der begehrten Maisonetten mieten können. Das war zweifellos ein Vorzug, den sie als Laborleiterin ohne große Überlegung wahrnahm. Eigentlich war die Wohnung für eine Person zu groß, aber sie hatte ja nicht die Absicht, den Rest ihres Lebens allein zu bleiben. Ganz fest glaubte sie, stärker als sonst, jetzt den richtigen Partner gefunden zu haben.
Nur so war auch ihr spontanes Verhalten zu verstehen, das, wenn man es einseitig betrachtet, einer spontanen, aber liebenswürdigen Verführung gleichkam.
Doch es war eine beiderseitige Übereinstimmung.
Den Rest des Tages und die folgende Nacht verbrachten beide im Bett. Für den kommenden Tag war ja ein Ausflug in die Champagne geplant, den man auch nicht verschieben wollte, da ein schönes Wetter hierfür geradezu einlud.
Sie erfreuten sich den ganzen Tag an langen Spaziergängen, wobei Franz ausgiebig aus seinem Leben erzählte. Einen bedeutenden Teil nahm seine Schul- und Studentenzeit in Anspruch, insbesondere die Konflikte, die er in jenen Tagen mit seinem Vater ausgetragen hatte. Später habe man sich nicht mehr so oft gesehen, und bei den seltenen Begegnungen

vermieden Vater und Sohn, Themen zu besprechen, die unweigerlich wieder zu Verwerfungen geführt hätten. Nicht unbedingt aus Rücksicht auf die Mutter hätten sie all diese unterschiedlichen Weltanschauungen umgangen. Vielleicht wären sich Vater und Sohn ja auch näher gekommen, wenn sie es nur gewollt hätten. Zu tief sei jedoch ihr Zerwürfnis gewesen, als es um die Aufarbeitung seines Eisernen Kreuzes I. Klasse ging, das man ihm im August 1942 verliehen hatte.

Kapitel 14

Weniger bekannt war in deutschen Kreisen die Operation „Jubilee" am 19. August 1942, bei der die erste Landung der westalliierten Truppen, vorwiegend Kanadier, Amerikaner und Engländer, am Strand von Dieppe erfolgte. Unter der Leitung von L. Mountbatten wurden gegen 5.20 Uhr etwa 6100 Soldaten an den Strand abgesetzt, mit der Absicht, das Verhalten der deutschen Küstenbatterien zu testen und die Möglichkeit, einen Hafen auf dem besetzten Festland einzunehmen und zu halten.
Schon um 10.50 Uhr war „Jubilee" zu Ende!
Die alliierten Kräfte hatten etwa 1200 Tote zu beklagen, und mehr als 2000 Mann gerieten in Gefangenschaft. Auf deutscher Seite hatten die 1500 Soldaten der Verteidigungslinie vergleichsweise nur wenig Tote.
Am Ende waren es etwas mehr als 300.
Die deutschen Küstenbatterien schossen die Kompanien der Alliierten, die schutzlos am Strand lagen, gnadenlos zusammen. Zwei Wochen später erhielt der „alte" Seeberg, damals noch Fähnrich, mit 27

Jahren das Eiserne Kreuz erster Klasse, und nach weiteren vier Monaten wurde er zum Leutnant befördert.
Rudolf Seeberg war Kommandant einer dieser gefährlichen Geschützbatterien gewesen.
Er hätte diese Monate im Jahre 1942 am liebsten ganz aus seinem Leben gestrichen. Gerade dieser Zeitabschnitt, der aber niemals intensiv besprochen wurde, war oft genug der Aufhänger für endlose Diskussionen zwischen Vater und Sohn. Einer der Höhepunkte war die Aussage von Franz an einem der Geburtstage seiner Mutter, als er auch noch im Beisein von Verwandten und Freunden laut ausrief: „Viel Feind, viel Ehr! Aber besser noch: Viel Tote, viel Ehr!"
Er hatte an diesem Abend etwas zu viel getrunken. Daher verzieh man ihm diesen Ausrutscher, wie sein Vater es beschwichtigend nannte.
Da beide Lager so tief zerstritten waren, blieb für Franz und die Familie das andere Leben des Vaters in der Normandie verborgen.

Man kam über die Ereignisse von Dieppe leider nicht hinaus!
Wenn Franz Konkretes über gerade diese Zeit wissen wollte, kam von seinem Vater nur die eine kurze Antwort:
„An diesem Tag haben die Alliierten einen großen

Fehler begangen und viel Schuld auf sich geladen."
Und auf die Frage des Sohns, ob er nicht trotz der Verleihung des Eisernen Kreuzes auch Schuld auf sich geladen habe, kam ein langes Schweigen.
Das ungeheuerliche und unvorstellbare Gemetzel am Strand von Dieppe ließ den alten Seeberg nicht mehr los.
Diese Ereignisse fraßen sich immer mehr als Erlebtes in sein Hirn und sein Herz, dabei verwandelten sie sich dort zu einem grauenvollen Erlebnis.
Die Ereignisse, jetzt als ganz persönliche Erlebnisse wahrgenommen, traten in tiefgreifenden Kontakt mit seiner Seele und bestimmten damit sein weiteres Leben.
Er konnte nicht, wie manch anderer, diese gewonnene Schlacht als Triumph genießen. Immer wieder hörte er die Schreie der Verwundeten, hatte tagelang den süsslichen Geruch von Blut und verbranntem Fleisch in der Nase, sodass er fast nichts essen konnte.
In nur fünf Stunden hatten sie mehr als 1000 junge Männer zusammengeschossen. Das waren jede Stunde mindestens 200 Mann, oder in jeder Minute 3 bis 4 junge Männer, die ihr Leben wirklich sinnlos verloren.

Rudolf Seeberg, der entgegen der Auffassung seines Sohnes Franz kein Anhänger des Nazi-Regimes gewesen war und auch nie die Absicht gehabt hatte, in die Waffen SS einzutreten, bedauerte von Jahr zu

Jahr mehr, dass er Teil einer Macht geworden war, die ihre Nachbarn überfallen, ausgeraubt, geschlagen, gedemütigt und gemordet hatte. Er hatte sich oft gefragt:
„Mit welchem Recht sind wir eigentlich hier, und wer gibt uns das Recht, dass wir uns hier aufführen wie Barbaren, wie Diebe, Räuber, Totschläger und Mörder? Es kann nicht sein, dass die militärische Überlegenheit uns ein solches Verhalten als „Recht" durchzusetzen erlaubt, was aber im Grunde nichts anderes ist als das Unrecht des Stärkeren."
Irgendwann verselbständigt sich die Gewalt, wenn Hemmschwellen verlorengehen und nur unser Gewissen unser Richter sein kann.
Die Verantwortung für all diese Gräueltaten fällt auf den zurück, der sie begangen hat, auf keinen anderen. Die Geschichte ist die von Mitläufern, den sogenannten kleinen Fischen, ohne die ein Krieg nicht möglich ist. Es gibt gerade für Labile, Verunsicherte, Entwurzelte zudem eine Faszination der Gewalt, die oft stärker ist als die Kraft ziviler Selbstbegrenzung. Und Seeberg war maßlos enttäuscht darüber, dass Bildung allein, auch hohe Bildung, nicht verhindern konnte, dass sich Menschen zu solchen Bestien veränderten. Sie hatten keinerlei Probleme damit, unter Mördern zu leben. Er wusste, dass im Offizierskorps nicht wenige dachten wie er, aber laute Äußerungen dieser Gedanken konnten ihn Kopf und Kragen kosten.

So blieben all diese Überlegungen bei ihm, obwohl er gerade damals den Wunsch hatte, mit irgendeinem Menschen darüber zu sprechen.

Im Herbst 1942 hatte man Rudolf Seeberg in die Nähe von Caen versetzt. Dort wurde er unfreiwilliger Zeuge, wie SS-Angehörige ohne rechtskräftige Verurteilung fünf Männer und drei junge Frauen erschossen, da diese angeblich der Résistance angehörten.
Sie wurden von deutscher Seite einfach zu *Maquisards* erklärt, womit die Hinrichtung für die SS als hinreichend legitimiert erschien.
Als die jungen Leute leblos am Boden lagen, fuhr kurze Zeit später ein Sanitätsfahrzeug der Wehrmacht vor. Ein Oberstabsarzt stieg aus, untersuchte kurz jeden der Hingerichteten und unterschrieb mehrere Zettel. Rudolf Seeberg stand nicht weit von dem Sanitätsfahrzeug entfernt, sodass er durch das halboffene Fenster eine junge Krankenschwester auf dem Beifahrersitz wahrnahm.
Sie gefiel ihm auf Anhieb. Nachdem er Zeuge dieser abscheulichen Bluttat geworden war, empfand er beim Anblick dieses schönen und anmutigen Gesichts, eine wahre Freude.
Größer könnte man die Gegensätze nicht inszenieren!
„Ich frage mich, wie so ein hübsches Mädchen sich

solch einen Arbeitsplatz aussuchen kann, wo es
wirklich nichts Gutes zu sehen gibt",
sagte Seeberg durch das halboffene Fenster in den
Wagen. Die Krankenschwester, sichtlich mitgenommen von der stattgefundenen Exekution, versuchte
ihre Gefühle so gut es ging zu unterdrücken. Der
Krieg hatte ihr, ungewollt, die Lektion erteilt, nach
außen emotionslos zu erscheinen, selbst bei der
Wahrnehmung widerlichster Dinge.
Man kann sagen, es war Hilflosigkeit, Resignation,
Eigenschutz oder ganz einfach tiefstes Mitempfinden
gewesen, das sie nicht hatte preisgeben wollen.
Aber auf keinen Fall war es Gleichgültigkeit gewesen.

Im Gesicht des jungen deutschen Leutnants sah sie
keinen verrohten Krieger, keinen verbissenen und
überheblichen *Herrenmenschen*.
Hier stand ein ruhiger und höflicher junger Mann
vor ihr, der sich in seiner Uniform offensichtlich
nicht wohl fühlte. „So etwas spürt man", stellte die
Krankenschwester fest, ohne es laut auszusprechen,
und in ihrem Blick konnte man eine seltsame
Mischung von Mitleid und Zuneigung erkennen.
Dann antwortete sie in einem gebrochenen Deutsch,
aber mit charmantem französischen Akzent:
„Verzeihen Sie, Monsieur, aber ich habe Sie nicht
ganz verstanden."

Seeberg schmunzelte trotz der vorausgegangenen
Scheußlichkeiten und erwiderte in einer Mischung
aus Französisch und Deutsch, dass man so etwas
unbedingt ändern müsse. Er suche daher eine Person,
von der er ihre Sprache lernen könne.
Als er sah, dass der jungen Frau jetzt dicke Tränen
die Wangen herunterliefen, sagte er ihr in einem
leisen und ruhigen Ton, sodass es niemand sonst
hören konnte:
„Mademoiselle, das sind nicht wir, und das bin ganz
besonders nicht ich!
Es tut mir aufrichtig leid, was hier ihrem Volk angetan
wird. Dafür muss ich mich entschuldigen, und ich
hoffe, dass diese SS-Leute irgendwann einmal für ihre
Schuld bezahlen müssen."
Dabei zeigte er, nur für die Krankenschwester sichtbar, mit dem Finger auf das Erschießungskommando,
jene furchterregenden, schwarzgekleideten Männer,
von denen sowieso keine Barmherzigkeit zu erwarten
war. Der jungen Frau taten diese Worte des jungen
Leutnants gut, obwohl sie nicht alles verstanden hatte.
Aber wichtig war ihr das Mitgefühl, das sie fraglos in
seiner Stimme wahrnahm. Wie gerne hätte sie ihn
doch als Zivilist in einem befriedeten Frankreich
irgendwo in einem Bistro getroffen. Stattdessen stand
man am Rande einer Kiesgrube mit acht toten jungen
Menschen.
Als Zeichen seiner ehrlichen Verbundenheit umfasste

er kurz ihre Hände, und die junge Frau verspürte ein eigenartiges, wohltuendes Gefühl, wie sie es bisher nicht gekannt hatte. Der Oberstabsarzt war bereits auf dem Weg zurück zum Wagen. Daher beeilte sich Seeberg mit der Frage:
„Wie finde ich Sie?"
„Ich arbeite täglich von 8 Uhr bis 14 Uhr im Lazarett in der Rue de Bayeux, Ecke Rue Damozanne. - Und Sie, wie finde ich Sie?".
fragte sie zurück.
„Sie sehen doch, das ist mein Revier: Steine, Kies, Sand, alles für den Bau uneinnehmbarer Bunker des Atlantik Walls.
Den Abbau und den Transport von hier muss ich überwachen und leiten. Da hinten ist die Villa des Besitzers dieser Anlage. Dort bin ich einquartiert."
Dabei zeigte er auf ein herrschaftliches Haus in einer Entfernung von etwa einhundertfünfzig Metern.
„Schon seltsam",
sagte er sich,
„so ein schönes Haus in einer solch tristen Umgebung."
Dann beeilte sich Rudolf Seeberg, noch schnell nach ihrem Namen zu fragen.
„Véronique!",
gab sie ihm zur Antwort, und kurz darauf verschwand der Wagen hinter einer kleinen Lichtung.

Rudolf Seebergs Aufgabe bestand darin, zusammen mit dem Besitzer der Kiesgrube dafür zu sorgen, dass pro Tag eine genau festgelegte Menge an Steinen, Kies und Sand an die neuen Bunkeranlagen geliefert wurde.
Die Arbeiter waren Kriegsgefangene aus Polen, Belgien, Frankreich und ein paar Russen. Zudem bestand das Wachpersonal aus dreißig ehemaligen Frontkämpfern, die trotz unterschiedlicher Verwundungen für diese Aufgaben noch zu verwenden waren. Aber alles in allem lief die Arbeit reibungslos. Fluchtversuche gab es keine, denn die SS, die im Hinterland agierte, kannte kein Pardon.
Nach Seebergs Auszeichnung und seiner Beförderung zum Leutnant wurde man im Divisionsstab auf ihn aufmerksam. Bei der genauen Durchsicht seines Lebenslaufs fiel erst jetzt einem Stabsoffizier auf, dass Seeberg bis zum Kriegseintritt ein Studium der Architektur und des Bauingenieurwesens an der Technischen Universität Darmstadt belegt hatte. Drei Semester vor seinem Diplomabschluss wurde er zur Wehrmacht eingezogen.
Jetzt wurde sein Wissen beim Bau der Atlantikbunker gebraucht. Daher hatte man ihm das Kommando in diesem Steinbruch überstellt.

Seinen Visionen vom Bau schöner und funktionaler Häuser trat dieser Krieg mit seinen sinn-

losen Zerstörungen massiv entgegen. Offensichtlich gab es nichts, was nicht zerstörungswürdig war. Aber noch unverständlicher und brutaler erlebte er die Grausamkeiten gegen alles Lebende.
Weder Menschen noch Tiere wurden geschont.
Für ihn war Architektur auch ein Streben nach Harmonie.
Harmonie von Bauwerken mit der Landschaft.
Harmonie zwischen Wohnungen von Menschen und funktionalen Gebäuden wie etwa Unterkünften ihrer Tiere. Zu einem schönen Bauernhof gehörten seiner Vorstellung nach ebenso schöne Ökonomiegebäude, einschließlich der Stallungen. Alles sollte doch ein gelungenes und funktionales Ensemble darstellen.
In solchen Dimensionen dachte und lebte er.
Die Architekturästhetik des antiken Baumeisters Vitruv nach der der Mensch das Maß bildet, hatte ihn nachhaltig beeinflusst. Seine Architektur war nicht die der Modernisten der Gropius-Ära, die die Auffassung vertraten dass weniger mehr ist. So konnte er diesen stark reduzierten Bauwerken nicht die Bewunderung entgegenbringen, die sie zweifellos verdient hatten.
Rudolf Seeberg war da ganz gegenseitiger Auffassung, die, physikalisch betrachtet, durchaus auch zu vertreten war. Er war der Überzeugung, dass ein Bauwerk umso vielschichtigere, reichere und allseitig umfassendere Gestalt annimmt, je mehr man in es hineinsteckt. Und wie es so ist, haben manche Architekten

dabei nicht immer die Kurve gekriegt. Das Ergebnis war dann eine unerträglich schauderhafte Maßlosigkeit.

Seeberg, der aus einem Dorf stammte, in dem es wie überall auch hin und wieder Spannungen und Feindseligkeiten gab, hatte aber nie solche Brutalitäten unter den Mitbewohnern und auch nicht gegen die Tiere erlebt wie in diesem Krieg. Für die Bauern hatten ihre Nutztiere auch eine Würde und verdienten Respekt.
Von Schlacht zu Schlacht erlebte er in dieser Zeit die Verrohung der Sieger, einhergehend mit einem rasanten Verlust an Werten und Moral. In dieser Siegermoral sah er immer öfter und überdeutlich widerliche Abgründe der menschlichen Seele.
- Sie wären ihm lieber verborgen geblieben!

Nichts und niemand wurde von manchen barbarischen Horden geschont. Sie verhielten sich wie große und geschlechtsreif gewordene Kinder. Manche waren völlig unbeherrscht und unendlich grausam. Darin sahen sie ihre Männlichkeit.
Wogegen in der *zivilisierten Welt* nur der ein Mann ist, der an sich gearbeitet, Körper und Geist gebildet hat. Ein Mensch(!), dessen Herrschaftsanspruch erst mit der Beherrschung seiner selbst beginnt.
Das lateinische Wort *virtus* bezeichnet nicht nur die

Männlichkeit, den Mut und die Kraft, sondern auch
Tugend, Moral und Sittlichkeit. All dies war in
Divisionsstärke weitgehend verloren gegangen.
So gingen ihm viele Gedanken im Kopf herum.
Zum Glück gab es auch eine große Anzahl derer,
die diesen Sittenverfall kritisierten und auch klar als
Verbrechen deklarierten.
Unter Umständen mussten sie diese Haltung mit
ihrem Leben bezahlen.
„Wie sollen diese beiden total unterschiedlichen Lager
je wieder zusammenfinden, wenn dieser Krieg, wie
auch immer, zu Ende ist. Dazwischen liegen
Lichtjahre",
sagte sich Rudolf Seeberg.
Der junge Leutnant konnte solch ein *Un-Leben*, wie er
es selbst einmal nannte, nicht mehr ertragen.
Er, ein dekorierter Frontkämpfer, nach dessen Auszeichnung sich so viele Soldaten in diesen Jahren
gesehnt hatten, betrachtete dieses Eiserne Kreuz
an seiner linken Brust immer mehr als Last.
Er sah es als das Grabkreuz der vielen toten jungen
Männer am Strand von Dieppe. Seither fragte er sich
bei jedem Zusammentreffen mit ebenfalls dekorierten
Soldaten:
„Wie viele junge Menschen haben ihr Leben gelassen,
damit wieder einmal ein Kreuz an eine deutsche
Uniform angeheftet werden konnte?"
Irgendwann hatte Seeberg den gefährlichen Gedanken:

„Man sollte uns für jeden Toten ein Kreuz an die Uniform heften."

Die nächsten Treffen, die Rudolf mit Véronique hatte, waren anfangs noch etwas holprig und durften keinesfalls öffentlich bekannt werden. Zunächst war einmal die Sprache ein Hindernis, da keiner den anderen so recht verstand.
Aber das war primär nur ein linguistisches Problem.
Das Verständnis untereinander bewegte sich auf einer anderen, tief mitmenschlichen Ebene.
Nicht weit von Caen, in dem kleinen Ort Oissy, besaß Véroniques Bruder eine Gärtnerei mit vielen Gewächshäusern und weitläufigen Gartenanlagen.
Dort konnten die beiden unbeobachtet spazieren und sich auch auf einer der zahlreichen Bänke zueinander setzen.
Véroniques Bruder war ein seltsamer Eigenbrötler.
Völlig apolitisch, wie er war, störte er sich auch nicht daran, dass Rudolf die graugrüne Uniform eines Besatzers trug. Nur einmal ließ er sich zu einer Äußerung über Seeberg hinreißen:
„Elise"
-eigentümlicher Weise nannte er seine Schwester Véronique immer nur bei ihrem zweiten Vornamen-,
„wenn dieser Deutsche ein guter Mensch ist, so soll es mir egal sein, wie er daherkommt, von mir aus auch in einem Clownskostüm".

Mehr war über seine Haltung zur Besatzung und zu
Rudolf Seeberg nicht zu erfahren.
Ganz anders war da ihr Großcousin Albert.
Ein junger Bursche, Anfang zwanzig, mit einem
stechenden Blick, dunklen, glatten Haaren und einem
ewig verkniffenen Mund, darüber eine gerade, schmale
Nase mit weiten Nasenlöchern.
Mit ihm traten die Unzufriedenheit und der Ärger ein,
wenn er hin und wieder in Oissy im Haus des
Gärtners auftauchte. Dieses Haus benutzte die
Résistance als einen ihrer wichtigen Treffpunkte,
da der Gärtner bei den Deutschen als ein absolut
unpolitischer Mensch geführt wurde. Somit drohte
hier weniger Gefahr. Die sporadische Anwesenheit
eines deutschen Offiziers an diesem konspirativen Ort
der Résistance war natürlich der beste Schutz vor
Übergriffen oder Durchsuchungen durch die
Wehrmacht. Es hatte allerdings einer gehörigen
Überzeugungsarbeit durch Albert bedurft, die übrigen
Mitglieder von dem Vorteil dieser Situation zu
gewinnen. Letztendlich profitierten beide Seiten
davon.
Mit der Zeit wurde das Verhältnis von Rudolf und
Véronique immer enger und auch sehr intim.

Der Leutnant versuchte, so gut er konnte, ihr seine
Gedanken über Krieg, Menschlichkeit und
Verantwortung zu erklären. So redeten sie immer

wieder über die Sinnlosigkeit dieses Krieges, und Seeberg konnte irgendwann einmal die Aktionen der Résistance zumindest verstehen, wenn auch nicht komplett gutheißen, waren ihre Mitglieder doch in den Augen der Deutschen Partisanen.
Immer öfter sprachen sie offen über Pläne der Wehrmacht, und Seeberg wurde auch teilweise in die Absichten der Résistance eingeweiht.
Viele ihrer Aktionen beurteilte er als unwirksam, da sie den Nerv dieses mächtigen Gewaltapparates der Wehrmacht überhaupt nicht treffen konnten.
Zunehmend vertraute man dem Deutschen auf französischer Seite und man gab ihm das Versprechen, in seinem Wirkungsbereich keine Aktionen gegen Personen durchzuführen. Immer mehr verstand er, wenn sie sich im Argot unterhielten und nach Monaten war ihm die Geheimsprache bald so vertraut wie sein Französisch, das auch immer besser wurde.

Die Fahrten von Caen zur Gärtnerei in Oissy, die sie mit dem Dienstwagen durchführten, der Seeberg zustand, waren mittlerweile problemlos, da sie von der Résistance keine Bedrohung zu erwarten hatten. Es wäre eine Dummheit gewesen, einen deutschen Offizier aus dem Hinterhalt zu liquidieren und dadurch den Tod von fünfzig bis einhundert Zivilpersonen als Geiseln in Kauf zu nehmen.
Das hätte durchaus dazu führen können, dass

man die Einwohnerzahl von Oissy mit einem
Vergeltungsschlag um die Hälfte reduziert hätte.
Im Sühnebefehl vom 16. September 1941, unterzeichnet von Generalfeldmarschall Wilhelm Keitel, war dieses Vorgehen, in solchen Fällen, exakt beschrieben worden. An der konsequenten Durchführung dieses Befehls durch die Wehrmacht konnte man keine Zweifel haben.
Mit Sabotageakten, die aber nicht direkt gegen Soldaten gerichtet waren, konnten die regionalen Résistance-Gruppen dennoch innerhalb der Organisation für Aufmerksamkeit sorgen.
Die Feldgendarmerie tolerierte ebenfalls die *Gemüsefahrten* der beiden für die Verpflegungsküchen der Kiesgrube und des Lazaretts, in dem Véronique arbeitete.
Mitte Oktober 1943 setzten bei Véronique die Regelblutungen aus.
Nach sechs Wochen war sie sicher, dass sie ein Kind erwartete. Kurz vor Weihnachten offenbarte sie Rudolf diese Neuigkeit.
Wie er Véronique später sagte, war ihm nicht der Umstand als solcher unpassend, sondern die Zeit, in der das ganze Geschehen ablief.
Viele ahnten bereits, dass der Tag der Invasion bald kommen würde, und dann wären Véronique und das Kind stark gefährdet.
An Weihnachten überraschte Rudolf seine Véronique

mit einer Bernsteinkette, die er bei seinem Heimaturlaub gekauft hatte. Er erklärte ihr, dass dies ein besonderer Stein sei.
Laut Hildegard von Bingen solle er sie vor vielen Krankheiten schützen, vielleicht auch vor Unheil, wie er hinzufügte.
Das war aber Seebergs eigene Interpretation.

Véronique hörte ihm interessiert zu, besonders wenn er beim Gang durch die Gärtnerei ganz nebenbei bestimmte Kräuter benannte und dabei seine Lieblingsheilige Hildegard von Bingen zitierte.
Sie hatte ganz in seiner Nachbarschaft gelebt und gewirkt, wenn auch ein Jahrtausend zuvor.
Im Verlauf der Jahre führten beide ein nahezu eheähnliches Verhältnis, allerdings im Verborgenen.

Mitte Mai 1944 wurden die deutschen Truppen entlang der Kanalküste verstärkt, ebenso die Bewaffnung, da man nun sicher mit einer Invasion der Alliierten rechnete. Véronique musste ihre Arbeit aufgeben, da sie jetzt öfter mit Schwangerschaftsproblemen zu kämpfen hatte. Sie blieb daher ganztägig in Oissy und half hin und wieder ihrem Bruder in der Gärtnerei, wenn leichtere Arbeiten anfielen.
Seeberg wurde etwas näher an die Küste um Bayeux beordert, um die Bunkeranlagen und die Bewaffnung zu inspizieren. Seine Erfahrungen beim ersten

katastrophalen Landeversuch der Alliierten bei
Dieppe 1942 waren gefragt.

In diesen Tagen trieb sich Véroniques Groß-
cousin Albert oft in der Gärtnerei herum und wollte
den Kopf nicht vom Radioapparat nehmen.
Als dann am Dienstag, dem 02.Juni 1944, um 21.15
Uhr über BBC London die beiden ersten Zeilen aus
Paul Verlaines Gedicht „Herbstlied" in französischer
Sprache gesendet wurden, war dies der Aufruf für die
Résistance, mit Störaktionen die Invasion vorzuberei-
ten, die jetzt innerhalb der nächsten 48 Stunden
beginnen sollte.
Auf dieses Gedicht hatten die Maquisards gewartet.
Kurz danach war der Großcousin verschwunden,
und man hat ihn nie wieder gesehen.

„Les sanglots longs des violons de l'automne

Blessent mon Coeur d'une longueur monotone".

(„das lange Schluchzen herbstlicher Geigen

Die mein Herz mit langweilender Mattigkeit verwunden")

In den frühen Morgenstunden des 6.Juni 1944
bebte die Erde unter dem gewaltigen Beschuss unzähliger Schiffsartillerie-Geschütze, der in einem bis dahin
unvorstellbaren Sturm aus Eisen und Feuer die nor-

mannische Küste über mehrere Kilometer wild durchpflügte. Wer da nicht in einem der massiven Atlantikwall-Bunker Schutz finden konnte, hatte keine Chance, dieses Inferno heil zu überleben. Das Unternehmen „Overlord", die Befreiung Westeuropas von der Naziherrschaft, hatte begonnen.

Rudolf Seeberg war gerade auf dem Weg zu einem dieser Bunker, als er von den Splittern einer Artilleriegranate schwer verwundet wurde. Von seiner Rettung durch Kameraden, die ihn unter Einsatz ihres eigenen Lebens in einen der Bunker gebracht hatten, wusste er später nur durch Erzählungen. Auch waren die Tage danach bestenfalls bruchstückhaft in seinem Gedächtnis.
Nur noch schwach und wehmütig erinnerte er sich an die letzte Begegnung mit Véronique im Lazarett in Caen in der Rue de Bayeux. Sein Zustand war so schlecht, dass er nicht reden konnte. Mehrfach schlief er ein, sodass ihm nicht klar war, ob alles nur ein gnädiger Traum oder die bittere Realität war.
Véronique saß an seinem Lager. Ein Bett gab es nicht. Es war ein Strohsack. Darauf lag eine an vielen Stellen mit Blut durchtränkte Decke. An seine zerfetzte Uniform hatte man einen Triage-Zettel geheftet, wonach er in Stufe IV selektiert war.
Als Véronique den Zettel sah, wusste sie aus ihrer Erfahrung, dass für ihren Liebsten nur dann noch

Überlebensaussichten bestünden, wenn er schnellstmöglich ärztliche Hilfe bekäme. Aber in diesem Haus herrschte mittlerweile ein unbeschreibliches Chaos, und die Möglichkeit, einen der ständig beschäftigten Ärzte zu sprechen, schien ihr von vorneherein aussichtslos.
So blieb sie bei ihrem Rudolf, hielt ihm die Hand, streifte abwechselnd über sein Gesicht und küsste ihn. Sie konnte sich nicht erinnern, wie lange sie dort gesessen und wie viele Tränen sie vergossen hatte. Gegen 3 Uhr am Morgen wachte sie auf, als zwei Sanitäter kamen, um den schon fast leblosen und geschundenen Körper mit einem kräftigen Ruck auf die Trage zu legen. Seeberg war zu schwach, um irgendeinen Laut von sich zu geben. Auf Véroniques Frage, was mit ihm passieren würde, antwortete einer der Sanitäter knapp:
„Zum OP!"
Dann verschwanden sie mit ihm.
Das war Véroniques letzte Begegnung mit dem Vater ihrer gemeinsamen Tochter. Während sie noch eine Zeit lang an dem durchbluteten Strohsack saß, durchlebte sie eine wilde Berg-und Tal-Fahrt an Gefühlen, wie sie sich nie mehr wiederholte. An ihren Händen klebte das angetrocknete Blut ihres Liebsten, das sie nicht mehr abwaschen wollte. Wenn sie mit ihrer Zunge über ihre Lippen fuhr, schmeckte sie eine Mischung aus dem süßlichen Blut des Schwerver-

wundeten, vermischt mit dem salzigen Geschmack
ihrer eigenen Tränen.
Eine unerträgliche Kombination, die alles Leid in
sich vereinte.
Véronique erlebte diese Momente mit größter Intensität, denn es war alles, was sie noch von Rudolf hatte, dem Vater ihrer noch ungeborenen Tochter.
Fünf Wochen später sollte sie im Haus der Gärtnerei in Oissy das Licht der Welt erblicken.
Zu der schweren emotionalen Belastung beschäftigten sie ganz konkrete und sachliche Fragen:
Wird er das überleben? Wenn ja, wo und wann wird sie ihn wieder finden?
Was wird mit dem Kind?
Das schien ihr das dringlichste Problem!

Gegen 4 Uhr verließ sie das Lazarett in der Rue de Bayeux. Der Morgen war schon da und mit ihm die Flugzeuge der Alliierten, die jetzt unentwegt Angriffe auf deutsche Stellungen, aber auch auf vermeintliche Stellungen und Lager flogen. Dabei wurde die französische Zivilbevölkerung nicht sonderlich geschont. Véronique gelang es, unbeschadet aus Caen in das relativ sichere Oissy zu ihrem Bruder zu gelangen. Auf dem Weg zur Gärtnerei musste sie einige Kilometer über das freie Feld zurücklegen.
Die Straßen waren weitgehend mit deutschen

Militärfahrzeugen verstopft. Ein Teil war durch Fliegerangriffe zerstört oder brannte noch. Hin und wieder explodierten Munitionsbehälter in den Fahrzeugen. Dazwischen sah man Tote und Schwerverwundete. Und immer wieder neue Luftangriffe der Alliierten. Hier konnte sie nicht sicher vorankommen, und so entschloss sie sich, im Schutz der dichten Hecken der Bocage, die die Felder und Weiden trennt, den kürzesten Weg nach Oissy zu finden. Der Weg dorthin wurde zum Albtraum. Auf einer großen Weide lagen mehrere Kühe, getroffen von Kugeln oder Artilleriegranaten. Einige waren bereits tot, andere lagen schwer verwundet im Todeskampf. Dazwischen rannten Kälber und andere Kühe laut brüllend wild umher.
Ein unbeschreibliches Szenario.
Als Véronique von der einen Weide in die nächste wechseln wollte, hörte sie hinter sich das Geräusch eines sich schnell nahenden Jagdflugzeugs. An den Hoheitsabzeichen am Rumpf und den Tragflächen erkannte sie sofort, dass es sich um ein amerikanisches Flugzeug handelte. Es flog beängstigend tief, sodass sie den Flugzeugführer genau sehen konnte. Im Tiefflug näherte es sich der Weide, und aus seinen Bordkanonen jagte der Pilot mehrere Salven zielgerichtet auf die noch wenigen lebenden Kühe. Die heftigen Brülllaute der getroffenen Tiere dauerten Minuten, bis diese endlich verendeten. Unterschiedlich

große Klumpen an Eingeweiden lagen verstreut um
die Kadaver. Riesige Blutlachen färbten das sonst so
satte und milde Grün der Normandie in ein Grauen
erregendes Rot. Ein Fanal für noch bevorstehende
größere Schlachten.
Véronique wurde übel und musste sich mehrfach
übergeben. Sie war entsetzt über so viel Sinnlosigkeit,
und ihr Kopf fühlte sich an wie in Watte gepackt.
An den restlichen Weg in die Gärtnerei und wie sie
ihn bewältigte, konnte sie sich nicht mehr erinnern.
Diesen Tag, dem man einen dicken Eintrag in die
Geschichtsbücher verlieh, hätte Véronique am
liebsten ganz aus ihrem Gedächtnis gelöscht.
Je länger dieser Krieg dauerte, umso widerlicher
versuchten sich seine Akteure in Szene zu setzen,
denn das Töten dieser harmlosen Weidetiere mit
ihren Kälbern erforderte schon sehr viel Irrsinn,
um daraus eine strategische Bedeutung ableiten zu
können.
Die Grenze zum Wahn war weit überschritten.
Als Véronique dann gegen Mittag das Haus ihres
Bruders in Oissy erreichte, war sie völlig erschöpft,
körperlich, aber mehr noch seelisch.
Kurz danach legte sie sich ins Bett und schlief tief ein.
Erst spät am kommenden Morgen wurde sie wach,
und ihre Gedanken waren sofort bei ihrem Rudolf.
Noch vor dem Frühstück telefonierte sie mit dem
Lazarett.

Diese Leitungen hatte die Résistance nicht sabotiert. Bei einer der zahlreichen anderen Sprengungen von Telefonleitungen war ihr Großcousin Albert ums Leben gekommen, wie sie erst Tage später erfuhr. Man hatte ihn zusammen mit seinen beiden Mitkämpfern wie einen Helden beerdigt.

      Als sie in dem Telefonat erfuhr, dass man Rudolf vor etwa einer Stunde in ein anderes Lazarett weit hinter der Front verlegt hatte, mischte sich zu der Trauer über die Trennung die Freude, dass er die Operation offenbar lebend überstanden hatte. Genaueres wusste man nicht. In ihrem derzeitigen Zustand konnte sie keine größeren Fahrten mehr unternehmen, um nach ihm zu suchen. Was ihr jetzt bevorstand, musste sie alleine bewältigen.
Am 12.Juli 1944 brachte sie dann ein Mädchen zur Welt.
Sie nannte es Marie-France.
Monatelang fragte und telefonierte sie fast täglich mit Freunden, sowie mit Dienststellen der Wehrmacht , soweit diese noch intakt waren, ob es irgendeine Notiz über den Verbleib des Leutnant Rudolf Seeberg gäbe.
Im Februar 1945 erfuhr sie von einem Bekannten, er habe gehört, dass besagter Rudolf Seeberg, jetzt Oberleutnant, Anfang Januar bei einem Gefecht während der Ardennen-Offensive gefallen sei.
Véronique stand nun vor einem riesigen Berg von

Problemen:
Die alleinige Erziehung eines kleinen Kindes ohne Vater.
Das Leben in einem Haus, das bei einem Luftangriff durch eine Bombe getroffen wurde. Erst nach einem Tag konnten sie und das Kind aus dem teilweise zerstörten Haus gerettet werden. Glücklicherweise trug das Mädchen nur eine kleine Risswunde am linken Knie davon. Ansonsten war es wie seine Mutter unverletzt geblieben.
Dann die quälende Ungewissheit, ob sie nicht doch noch als *horizontale Kollaborateurin* vom Mob der Straße stigmatisiert würde und man sie verhöhnt, beschmiert und mit kahl geschorenem Kopf durch die Straßen von Caen treiben würde.
Das unschuldige Kind würde man vielleicht als *Enfant des Boches* (Deutschenkind) oder auch als ein *Enfant maudit* (verdammtes Kind) verspotten.
So entschloss sich Véronique, der möglichen Verachtung zuvorzukommen.
Dem Priester, den sie seit ihrer Kindheit kannte, erklärte sie, dass es sich bei dem leiblichen Vater des Kindes um den tödlich verunglückten Großcousin Albert handelt. Und beim Bürgermeister berichtete sie, wie sie Rudolf Seeberg als Kollaborateur für die Résistance gewinnen konnte, die er des Öfteren mit Dynamit aus dem Steinbruch versorgte.

So entging sie und später auch das Kind der menschenverachtenden Verspottung.

Kapitel 15

Rudolf Seeberg hatte Glück.
Erst Tage später erwachte er aus einem tiefen Schlaf, in dem er die abscheulichsten Träume erlebt hatte. Er lag nun in einem richtigen Bett in einem sauberen Lazarett im Rheinland. Wie er später erfuhr, hatte man ihn mehrfach operieren und zudem auch einige Bluttransfusionen geben müssen. Die Ärzte glaubten, dass seine gute Konstitution ihn durchaus retten könnte. Sie behielten Recht, und nach mehreren Wochen wurde Rudolf in den Genesungsurlaub nach Hause entlassen. Die Familie und Freunde empfingen ihn fast überschwänglich freudig, hatte mancher von ihnen den Leutnant doch schon abgeschrieben.
Rudolf Seeberg unternahm wiederholt Anstrengungen, Hinweise zu finden, was mit Véronique und dem Kind passiert war. Monate später erfuhr er von einem Bekannten, er habe einen Sanitäter gekannt, der zu jener Zeit in Caen eingesetzt war. Als er ihn traf- das war kurz vor Kriegsende-, wollte Seeberg nicht alles preisgeben, denn er wusste ja nicht, wen er da vor sich hatte. Die NS-Zeit hatte ihn misstrauisch gegenüber jedem gemacht, was er eigentlich nie sein wollte.
Der ehemalige Sanitäter berichtete, dass am ersten Tag

der Invasion ein schwer verwundeter Leutnant ins Lazarett in der Rue de Bayeux in Caen eingeliefert worden war. Eine der französischen Krankenschwestern, mit der dieser liiert war, wurde von einer ihrer Mitschwestern darüber benachrichtigt.
Die Hochschwangere hatte fast zwei Tage lang bei ihm gesessen, bis man ihn operierte und danach nach Metz verlegte. Soweit er wisse, habe diese Krankenschwester Wochen später ein Mädchen zur Welt gebracht. Aber beide und noch drei weitere Personen seien bei diesem Bombenangriff der Alliierten in ihrem Haus ums Leben gekommen. Mehr wisse er nicht, obwohl er noch bis kurz vor der Kapitulation von Caen am 15.August 1944 in diesem Kessel eingeschlossen war.
Nach dieser Nachricht verspürte Rudolf keinen Mut mehr, weitere Nachforschungen anzustellen.
Der Verlust seiner großen Liebe, für die er bereit war, alles zu geben, und der Verlust ihres gemeinsamen Kindes, das er noch nicht einmal gesehen hatte, waren offenbar für ihn das schmerzlichste Opfer, das dieser abscheuliche Krieg von ihm gefordert hatte. Er hätte gerne sein Leben für Véronique und das Kind gegeben. Alles was danach kommen würde war für ihn in diesem Augenblick nur Makulatur.
Annemarie Schuster, ein Mädchen aus dem Nachbarort, das in ihm den Helden, den Frontkämpfer sah, hatte schon seit mehr als einem Jahr immer wieder

Kontakt zu ihm gesucht, und sie verbrachten hin und wieder Zeit miteinander, aber ohne dass es zu einer intimeren Beziehung zwischen den beiden gekommen wäre. Ihr Bild vom Helden der Normandie konnte und wollte er nicht zerstören, denn hätte sie von seinen Verbindungen zur Résistance gewusst, die er sogar mit Dynamit aus seinem Steinbruch versorgt hatte, wäre für dieses junge Ding eine Welt zusammengebrochen. Einen Vaterlandsverräter hätte sie niemals lieben können, sie, die Tochter eines von Dünkel durchtränkten Lehrers, der zudem dekorierter Kriegsteilnehmer 1914/18 war.

Also gab Seeberg seiner späteren Frau nur den Teil des Frankreich-Feldzuges preis, mit dem sie leben konnte. Mit dem anderen Teil, seinem sogenannten früheren Leben, musste und wollte er alleine leben.

Diesen Lebensabschnitt wollte er niemandem mitteilen.

Und gerade dieser Teil, der sicherlich zu mehr Verständnis zwischen Vater und Sohn geführt hätte, blieb dem Sohn verborgen.

Die Halbwahrheit versperrte oft jeden Weg der Annäherung zwischen den beiden.

Irgendwann konnte der alte Seeberg nicht mehr ausloten, wie sein Sohn auf seine Zeit in Oissy reagieren würde. Alles schien denkbar.

Von der Anerkennung seiner Auflehnung gegen das Dritte Reich bis zu dem Vorwurf des Schönredens

und des sich Entziehens jeglicher Schuld.
Daher ließ Seeberg Senior alles beim Alten.
Wer weiß, ob man ihn je verstanden hätte.
Und so blieb er mit diesem Geheimnis um Véronique und dem Kind, das er nie kennengelernt hatte, allein.
Um das Geschehene erträglicher zu machen, stellte er resigniert fest, dass seine Geschichte und die Geschichte der anderen sich einfach nur gekreuzt hätten.
Das machte ihn nicht nur traurig, sondern auch mutlos.

Von Jahr zu Jahr verfiel er in eine zunehmende Melancholie. Er glaubte, mit dem täglichen Verzehr von einem Liter Riesling diesen Zustand beherrschen zu können. So zog er sich so weit in sich zurück, dass er die Verbindung zum Leben nicht mehr spürte.
Irgendwann trat Gewöhnung in der Beziehung zu seiner Frau ein, die, oberflächlich betrachtet, man leicht mit Nähe hätte verwechseln können. Aber dem war nicht so.
Abstand war ihm da schon lieber.
Der einzige Sohn war ihm fremd geworden.
Der Abschnitt seines Lebens, der zum Verständnis oder gar zur Achtung seiner Person hätte beigetragen können, wurde nie erläutert.
Ein weit verbreiteter Konflikt in jener Zeit zwischen Vätern und Söhnen:
Das Unvermögen, miteinander zu reden.

Der Bruder von Véronique richtete das Haus Schritt für Schritt wieder her, und nach knapp einem halben Jahr konnten sie wieder alle Zimmer bewohnen. Die Gärtnerei konnte erst im darauffolgenden Jahr wieder vollständig in Betrieb genommen werden. Véronique half so gut und so oft sie konnte.

Ihr wichtigster Mensch war nun Marie-France geworden, an der sie jeden Tag ihre Freude hatte. Wenn sie das Kind mit seinen langen blonden Haaren sah und in sein Gesicht blickte, erinnerte sie sich, ganz in Gedanken versunken, wieder an die schönen Jahre in Caen und Oissy- bis zu jenem Tag im Juni, an dem die Befreiung Frankreichs begann. Oft sagte sie sich: „Wir waren jung und verliebt, und dieser Krieg, den wir nie verstehen konnten, hat unsere Liebe zwar tiefgreifend beschädigt, aber getötet hat er sie nicht! Überhaupt sind alle Kriege nicht zu verstehen!"

Véronique blieb mit ihrem Bruder und dem Kind allein. Kein anderer Mann schaffte es, diese Dreisamkeit zu durchbrechen.

Der Abschied aus dieser uneinnehmbaren Burg der Geborgenheit fiel Marie-France sehr schwer, als sie das Studium aufnahm und nur noch selten bei den beiden vorbeikam.

Wenn sie zu Hause war, traf man sich in dem kleinen Salon, und es war stets eine gute Stimmung, wenn man stundenlang miteinander redete.

Die beiden letzten Jahre bemerkte Marie-France, dass ihr Onkel nicht mehr so recht den Gesprächen folgen konnte.

Docteur Pellot, der Hausarzt, diagnostizierte eine Korsakow-Erkrankung, ausgelöst durch den stetigen Alkoholkonsum über viele Jahre hinweg, der unweigerlich zu einer Leberzirrhose geführt hatte.

„Das war wohl zu viel Pernod, Calvados und Cidre", sagte Pellot mit ernster Miene zu Véronique. Mehr musste er der Krankenschwester auch nicht sagen. Sie wusste Bescheid.

Keine sechs Wochen nach dieser Begegnung wurde im Hause kein Calvados, Pernod oder Cidre mehr getrunken.

Der Abnehmer hatte den Weg alles Irdischen genommen.

Kapitel 16

Marie-France erlebte, abgesehen von der Zeit zu Hause, die glücklichsten Stunden hier mit ihrem Franz in der Champagne.
Seeberg konnte sich ebenfalls an keine schönere und glücklichere Zeit erinnern, und so entschloss man sich, auch noch den Sonntag hier zu verbringen. Bis in die Nacht hinein erzählte jeder aus seinem Leben, und man fand die Geschichten des anderen spannend, weil sie unterschiedlicher nicht hätten sein können.
Sonntagabends machten sie sich wieder auf den Weg nach Reims.
Beide hatten noch nicht die Absicht, die Institutsmitarbeiter über ihre Beziehung zu informieren. Daher waren die Kontakte im Arbeitszimmer von Marie-France nicht wesentlich häufiger als sonst. Als Grund dieser häufigen Zusammenkünfte konnte man immer das Auswerten und Vergleichen der Arbeiten aus Aachen anführen.
Philippe, unverändert verliebt in seine Monique, die er jetzt zweimal täglich im Bistro besuchte, war überrascht, als ihm Claudette Arras mitteilte, er möge doch am kommenden Morgen gegen 10 Uhr in der Bibliothek des Instituts erscheinen. Hier fanden die

wöchentlichen Besprechungen statt. Eine ausführliche Begründung dieses Treffens sollte sie auf Bitte der Laborleiterin nicht abgeben.

Der große Raum befand sich hinter dem Arbeitszimmer von Marie-France. Madame Arras hatte alle Assistenten zu der besonderen Sitzung eingeladen. Pünktlich war das gesamte Kollegium erschienen, und man wartete ungeduldig auf die Neuigkeiten. Noch bevor Marie-France eintrat, rief einer der jungen Assistenten:

„Ich glaube, Monsieur Philippe Berger möchte sich mit der süßen kleinen Monique aus dem Bistro verloben, so scheint mir! Oder was könnte sonst der Grund dieser außergewöhnlichen Assemblée sein?"

Philippe errötete sichtlich, gleichzeitig auch der alte Assistent Monsieur Moutier, der nicht weit von Philippe entfernt stand.

Dieser presste zwischen geschlossenen Zähnen ein kaum vernehmbares:

„Philippe, nehmen Sie sich in acht!"

heraus. Leider blieb diese kaum hörbare Drohung an Philippe dem jugendlichen Ausrufer der vermeintlichen Neuigkeit von eben nicht verborgen. Für den Moment hatte er die Bühne für sich, und wieder polterte er weit heraus:

„Ah, Monsieur Moutier bezeugt ebenfalls großes Interesse an der kleinen Monique, wie ich soeben mitbekommen habe. Gibt es vielleicht noch mehr

Interessenten?"
Moutier, sonst ein ruhiger, besonnener Mann, den eigentlich nur noch seine Rente interessierte, verlor kurz die Fassung, und mit krächzender, aber lauter Stimme warf er dem jungen Mann ein:
„Sie erbärmlicher Dummkopf! Sie verdammter Idiot!" an den Kopf. Aber dann entschuldigte er sich sofort, da er einsah, dass er sich wohl im Ton vergriffen habe. Der junge Mann war sichtlich verstört, kannte er ja noch nicht die verwandtschaftlichen Beziehungen zwischen Monique und Monsieur Moutier.

Mittlerweile war Marie-France von ihrem Arbeitszimmer aus eingetreten. In ihrem dunkelblauen Kostüm und einer weißen Bluse, zu der sie wie so oft die Bernsteinkette trug, wirkte sie noch eleganter und anmutiger als sonst, ja sogar verführerisch, wie Franz Seeberg feststellte.
Es war ihr offensichtlich nicht entgangen, dass da eine gewisse Spannung im Raume lag. Daher ergriff sie, um die Situation zu entkrampfen, sofort das Wort:
„Ich danke Ihnen für Ihr Erscheinen, und ich will auch nicht lange drum herum reden. Nach Abwägung vieler Gründe sind der Direktor und ich zu dem Ergebnis gekommen, Sie, Monsieur Philippe Berger- hier duzte sie ihn seltsamerweise nicht- zum stellvertretenden Laborleiter zu ernennen. Meinen herzlichen Glückwunsch!"

Philippe, der eine Rede über Kürzungen im Etat oder neue Forschungsaufgaben erwartet hatte, war sichtlich überrascht, und echte Freude strahlte ihm aus dem Gesicht. Diese Ernennung hätte er gerne mit einer ausführlichen Dankesrede angenommen, aber die unverhoffte Beförderung, an die er schon nicht mehr geglaubt hatte, entlockte dem sonst so sprachgewandten Philippe nur ein kärgliches:
„Vielen Dank!"
Mittlerweile war Madame Arras mit einem großen Tablett eingetreten, darauf eine genau abgezählte Menge Gläser. Dann bat sie im Hinausgehen einen der jungen Assistenten um Mithilfe. Kurz danach betraten sie wieder den Raum, begleitet von einem kleinen Applaus, denn man hatte noch zwei Flaschen Champagner zu begrüßen.
„Aber natürlich gilt der Applaus primär dir, lieber Freund",
versuchte Seeberg die Situation zu retten.
Man stand noch locker eine Stunde beieinander und versuchte sich im sehr allgemein gehaltenen und oberflächlichen Smalltalk.
Philippe zog den alten Moutier etwas zur Seite, und sie redeten intensiv miteinander. Aber es schien, als sei der Ton weicher, vielleicht sogar freundschaftlich. Über den Gegenstand des Gesprächs war nichts zu erfahren, aber mit „Monique" hätte man sicherlich richtig gelegen.

Nachdem Philippe Berger sich gefasst hatte, bedankte er sich mehrfach bei Marie- France, die den Direktor entschuldigen musste, denn dieser hielt sich für ein paar Tage in Paris zu Beratungen auf.

Seeberg hatte während des kleinen Eklats, den der junge Assistent ausgelöst hatte, nicht weit entfernt von dem alten Moutier gestanden und konnte somit genau beobachten, wie sehr der ältere Herr völlig unvorbereitet und empfindlich getroffen wurde. Nur so war sein abrupter und unbeherrschter Ausbruch zu verstehen. Franz hatte Mitleid mit dem Alt-Assistenten. Die grobe Ungezogenheit und Respektlosigkeit dieses jungen Mannes setzten bei dem Deutschen eine bisher noch nicht gekannte Zivilcourage in Gang.

Für Seeberg gab es fundamentale ethische Konventionen, die er als nicht verhandelbar betrachtete. Er ging entschlossen auf den jungen Mann zu, der sich offensichtlich noch nachträglich in seiner schlechten Ein-Mann-Varieté-Vorstellung gefiel.

Seeberg trat ihm entgegen. In seiner bedachtsamen Art sprach er klar und mit ruhiger Stimme die absolut keine Fehlinterpretation zuließ:

„Spaß und Varieté sind eine schöne Kunst, wenn man sie beherrscht. Aber was Sie uns eben geboten haben, war nicht nur niveaulos, sondern obendrein höchst geschmacklos und zudem noch beleidigend gegenüber Monsieur Moutier.

Da Ihnen aber nicht nur Niveau, sondern auch
Anstand fehlt, konnten Sie dies auch nicht bemerken.
Das zweite, was Ihnen fehlt, ist Respekt.
So wie Sie sich auf Kosten von M. Moutier lustig
gemacht haben, war das doch sehr billig. In Ihrem
offensichtlichen Zwang zur Unterhaltung machen Sie
nicht einmal Halt davor, einen älteren Kollegen zu
entwürdigen.
Vielleicht bin ich ja in Ihren Augen altmodisch, aber
ich weiß im Gegensatz zu Ihnen, wovon ich rede.
Ich kann mir gut vorstellen, dass Sie unser Institut
recht zügig verlassen wollen.
Sollten Sie in der Verlegenheit sein, dafür Gründe zu
finden, so kann ich Ihnen, natürlich ganz selbstlos,
dabei behilflich sein. Ich bin mir sicher, wir werden
schon genügend Gründe finden.
Madame d'Alouette werde ich schon einmal über Ihre
Absichten informieren."
Der junge Assistent war sprachlos - und blieb es.

Als man auseinander ging, blieb Seeberg noch kurz bei
Marie-France und begleitete sie in ihr Zimmer.
Unmittelbar hinter der Tür drückte er sie fest an sich
und küsste sie.
„Ich habe dich seit einem Tag nicht geküsst",
sagte er. Marie-France lächelte.
Sie hatte bei einem Deutschen nicht so viel
Leidenschaft vermutet.

„Und jetzt küsst dich auch noch der Direktor",
sagte er mit aufgesetzt ernster Miene.
Sie wich etwas zurück und fragte verwundert:
„Wie meinst du das?"
„Nun ja",
erwiderte er,
„eben sprachst du davon, dass die Entscheidung für
Philippe in Absprache mit dem Direktor erfolgt sei.
Der Direktor war doch überhaupt nicht beteiligt. Er
gab dir freie Hand.
Wir beide! haben uns für Philippe entschieden,
da er der Beste und Zuverlässigste ist."
Marie-France musste laut lachen, dann zog sie ihn
zu sich, legte beide Arme um seinen Hals und hauchte:
„Ein langer Kuss für den lieben Direktor."
„Ich muss dir noch etwas gestehen",
begann Seeberg in etwas verhaltenem Ton.
„Kurz bevor du in die Bibliothek kamst, hatte sich
einer der Jungassistenten doch ganz gehörig daneben
benommen und sich auf Kosten des älteren Monsieur
Moutier lustig gemacht, ja man kann schon sagen, ihn
beleidigt, da er ihm mit einem möglichen Interesse an
Monique, der jungen Bedienung aus dem Bistro, vor
der gesamten Assistentenschaft bloßstellte.
Sein Verhalten hat mich derart verärgert, dass ich mir
diesen ungezogenen Emporkömmling mal kräftig zur
Brust genommen und ihm den Rat zur Kündigung
ausgesprochen habe.

Ich weiß, das war natürlich eine totale Kompetenzüberschreitung meinerseits, aber es war mir, aber auch für den alten Moutier eine Genugtuung. Verzeih mir."

Marie-France schwieg, denn sie wusste, dass sein Verhalten sicherlich zu vertreten war, aber diese Anmaßung war natürlich unmöglich. Sie wollte das Thema nicht weiter vertiefen, sondern kürzte mit einem:
„Danke, ich werde mich darum kümmern!"
das Gespräch ab.
Seine ruhige Art und sein klarer Blick bei alledem, das fand sie sehr attraktiv.
Kurz danach verabschiedete sich Franz an seinen Laborplatz. Die folgenden Wochen vergingen wie im Flug.

An einem Freitagmorgen wurde Seeberg von Claudette Arras ans Telefon gerufen.
„Monsieur Seeberg, ich glaube, es ist etwas Schlimmes passiert. Soweit ich verstehe, ist da die deutsche Polizei am Apparat."
Seeberg hatte kein gutes Gefühl. Er bekam kalte, schwitzende Hände.
Am Telefon meldete sich ein Polizei-Hauptmeister der Autobahnpolizei, der ihn zu seiner Beziehung zu einem gewissen Rudolf Seeberg befragte.

Als Seeberg sich dem Polizisten als der Sohn des Rudolf Seeberg erklärte, informierte dieser ihn in einem sachlichen und ruhigen Ton über einen schweren Unfall seines Vaters auf der Autobahn. Vor etwa einer Stunde, kurz nach 7 Uhr, sei er auf dem Weg in Richtung Worms mit seinem VW-Transporter mit hoher Geschwindigkeit und ungebremst auf einen Kieslaster aufgefahren, der wegen einer Panne auf der Standspur liegengeblieben war. Er war sofort tot.
Unerklärlich für die Polizei sei, wie er auf die Standspur geraten und dieses 40 Tonnen schwere Fahrzeug übersehen konnte. Die Polizei und der Notarzt hätten mehrere Erklärungen dafür:
Möglicherweise lag eine innere Ursache vor, wie zum Beispiel ein Herzinfarkt oder ein Schlaganfall oder ein Sekundenschlaf. Aber was auch noch in Betracht käme, wäre ein Suizid. Daher wolle er den Sohn hierzu befragen. Die Mutter, so der Polizist weiter, könne keinerlei Angaben machen. Zudem stünde sie zu sehr unter Schock.
Man würde wohl doch eine Obduktion vornehmen müssen.
Das Fahrzeug wiese bei der ersten Untersuchung keinen erkennbaren technischen Defekt auf, auch fehlten diesbezüglich Reifen oder Bremsspuren.
Weitere Untersuchungen stünden aber noch aus.
Seeberg blieb stumm.

Nach einer Pause stammelte er nur kurz:
„Das ist ja entsetzlich! Wie geht es meiner Mutter?"
Dann fügte er hinzu:
„Sagen Sie ihr bitte, ich käme sofort. Das könne aber drei bis vier Stunden dauern. Ich danke Ihnen, und ich werde mich umgehend bei Ihnen melden."
Dann legte er auf, setzte sich langsam in den Sessel, der neben dem Schreibtisch stand.
Madame Arras fragte sehr diskret, gekonnt den Ton der Neugier vermeidend:
„Monsieur, kann ich Ihnen irgendwie helfen? Ich denke, Sie haben eine ganz schlechte Nachricht erhalten."
Seeberg schwieg einen Moment, dann fasste er sich und sagte knapp:
„Mein Vater ist heute Morgen bei einem Verkehrsunfall ums Leben gekommen. Ich muss jetzt gleich nach Deutschland.
Es gibt dort jetzt viel zu regeln."
Nach einer kurzen Pause stand er auf, klopfte an der Tür zu Marie-Frances Arbeitszimmer, und nach einem „Entrez" aus dem Zimmer trat er ein.
Marie-France sah sofort, dass ihn irgendetwas sehr bewegte. Sie ging rasch auf ihn zu, nahm ihn an beiden Unterarmen, küsste ihn kurz auf beide Wangen und fragte sehr einfühlsam:
„Bestimmt ist etwas Schlimmes passiert, ich sehe es dir an."

Franz berichtete von dem Telefonat vor wenigen
Minuten und bat sie um einen kurzen Urlaub, den
er aber sofort antreten müsse.
„Keine Frage",
gab sie ihm zur Antwort. Mit feuchten Augen verließ
er das Zimmer. Er hatte sie nur kurz geküsst, dabei
hatte er Tränen auch in ihren Augen gesehen.

Wie geplant, traf Seeberg gegen Mittag bei seiner
Mutter ein.
Freunde, Nachbarn und die Cousine seiner Mutter, zu
der sie ein herzliches Verhältnis hatte, waren um sie
herum.
Die Mutter hatte sich schon komplett in Schwarz
gekleidet, wie das so Sitte ist auf dem Land. Da ist der
Leichnam noch nicht richtig kalt, schon flüchten sie in
diese entsetzlich schwarze Kleidung, die manche dann
bis zu ihrem Lebensende tragen.
Nach einer kurzer Begrüßung und Umarmung der
Mutter nahm er die Beileidsbekundungen der Anwesenden entgegen.
Seeberg war froh, dass er der Trauergesellschaft
schnell wieder entfliehen konnte, denn er sah sich in
der Verantwortung, anstehende Dinge umgehend zu
regeln.
Mit der Polizei, dem Standesamt und zuletzt noch mit
dem Pfarrer musste er reden. Für den Rest des Tages
war der Sohn beschäftigt.

Am darauffolgenden Tag fand die Obduktion des
Vaters statt. Gegen Abend konnte er telefonisch das
Ergebnis erfahren. Der kurze Bericht überraschte
Seeberg schon.
Es gebe keinen Hinweis auf eine innere Erkrankung,
die ursächlich mit dem Unfall in Zusammenhang zu
sehen wäre, erläuterte ihm der Pathologe.
Und auf die Frage, was es mit der Leber auf sich habe,
die der Vater über Jahrzehnte schwer belastet hätte,
erfuhr er, dass es sich nur um eine mäßige Fettleber
handelte.
Es sei auch keine erhöhter Blutalkoholspiegel
festzustellen gewesen. Also kämen nur noch der
Sekundenschlaf oder ein Suizid in Betracht.
Seiner Mutter und den übrigen Angehörigen erklärte
er, dass man einen Sekundenschlaf als die mögliche
Ursache des Unfalls annahm. Die sehr aufwendige
Ursachenforschung suggerierte eine Lösung, die so
nicht zu finden war.
Dem jungen Seeberg sagte die Version des Sekunden-
schlafs auch am besten zu.
Mit einem Suizid wären alle nicht gut zurechtge-
kommen.
„Es gibt weder einen Abschiedsbrief noch eine
Vorankündigung seinerseits. Also wozu nach
Erklärungen suchen, die nicht zu finden sind",
dachte Franz, und kurzentschlossen beendete er für
sich dieses Kapitel. Er wollte nicht weiter darüber

nachdenken. Nach den Trauerfeierlichkeiten blieb er noch für zwei Tage bei seiner Mutter. Er wollte sie in diesem Schmerz nicht so schnell alleine lassen. Ihre Cousine wolle sich in den kommenden Wochen verstärkt um sie kümmern, gab sie ihm zur Beruhigung mit auf den Weg nach Reims.

Unterwegs dachte er unentwegt an seinen Vater, sein jahrelang gestörtes Verhältnis zu ihm und dass sie nie die Zeit und Gelegenheit gefunden hatten, eine Tür zu öffnen zu einem Raum, in dem sich möglicherweise ein „anderer" Rudolf eingeschlossen hatte.
Der Gedanke daran schmerzte ihn sehr, und er bedauerte sein früheres Verhalten seinem Vater gegenüber, besonders jetzt, da nun nichts mehr zu ändern war.
Unter Tränen erreichte er Reims.
Nach einer kurzen Begrüßung bei Marie-France nahm er sich für den Rest des Tages frei.
Er wollte alleine sein.
Marie-France zeigte Verständnis für seine Entscheidung, obwohl sie gerne bei ihm gewesen wäre. Sie wollte ihm einfach nur durch ihre Nähe das Gefühl der Einsamkeit nehmen, aber aufdrängen wollte sie sich ihm nicht.
Seeberg war die kommenden Tage sehr still und seine Kontakte mit Marie-France waren kürzer und seltener als noch Wochen zuvor. Sie zeigte weiterhin großes

Verständnis für ihn und sein Verhalten.
Franz brauchte Zeit.
Aber nach etwa vier Wochen war er fast wieder der Alte.
Seine Unterhaltungen mit den Kollegen waren jetzt wieder häufiger und entspannter, und zur Freude aller machten seine Forschungsarbeiten weiterhin große Fortschritte. Häufig arbeitete er länger als seine Mitarbeiter, oft bis spät abends, manchmal sogar bis tief in die Nacht hinein.
Zu Marie-France hatte er seine Verbindung wieder, aufgenommen, jetzt umso intensiver, sodass es mittlerweile dem ganzen Institut nicht mehr verborgen blieb und es öfter Anlass zum Schmunzeln gab, wenn man die beiden außerhalb des Labors privat zusammen sah. Eine Geheimnistuerei um ihre Beziehung fanden beide albern und nicht mehr zeitgemäß.

Kapitel 17

Marie-France besuchte regelmäßig alle vierzehn Tage am Wochenende ihre Mutter in Oissy. Sie war froh, dass sich diese von dem Schlaganfall so gut erholt hatte. Bis auf eine kleine Schwäche der linken Hand hatten sich alle anderen Lähmungserscheinungen wieder komplett zurückgebildet. Für gröbere Arbeiten bekam sie schon längere Zeit Hilfe von einem jüngeren, tatkräftigen Nachbarn.
Der Tochter war aufgefallen, dass ihre Mutter in den letzten Monaten öfter von Jean Paul sprach, den Marie-France zuerst nicht zuordnen konnte, bis Véronique ihr erklärte, dass Jean Paul doch der Pfarrer aus der Nachbargemeinde sei, ein alter Klassenkamerad von ihr. Offenbar hatten die beiden ein regelmäßiges Treffen in Oissy, bei dem sie Gedanken und Erlebnisse bis hin zur Kindheit austauschten. Dabei unternahmen sie nur selten tief religiöse Exkursionen. Véronique, obwohl keine regelmäßige Kirchgängerin, hielt aber dennoch am Glauben fest. dem Glauben an die Liebe, die Verzeihung und die Gütigkeit. Dazu musste sie nicht jeden Sonntag nach Arromanches oder Bayeux zur Messe.

An einem Mittwoch im Frühjahr - Franz und Marie- France hatten die Nacht in seiner Pension miteinander verbracht- fragte er sie, kurz nachdem sie wach geworden war und sich noch streckte und gähnte:
„Bist du schon richtig wach für eine wichtige Frage?"
„Aber ja doch",
entgegnete sie gespannt. Nachdem er sich mehrfach geräuspert hatte, fragte er in einem sehr weichen Ton:
„Willst du meine Frau werden?"
Marie-France, die solch eine Frage schon seit Monaten insgeheim erwartet hatte, war an diesem Morgen aber wirklich überrascht.
Allerdings hatte sie sich einen solchen Antrag immer in einer romantischeren Atmosphäre, beim Abendessen mit Kerzenschein oder so ähnlich, vorgestellt.
Nun kam er, etwas ungeschickt, wie sie es zunächst empfand, zwischen Bett und Frühstück mit solch einer wichtigen Offerte.
„Eigentlich schon etwas Besonderes",
dachte sie. Und irgendwie gefiel ihr doch diese Art, denn sie spürte darin Ehrlichkeit und Leidenschaft.
Mit einem langen Kuss begleitet hauchte sie ihm ein
„Ja!"
entgegen, allerdings ohne eine weitere Bemerkung, auf die Franz aber insgeheim gehofft hatte.
Doch dieses aufrichtige „Ja" ohne gestelzte zusätzliche

Worte fand er dann wieder besser, denn das klang
überzeugend und verlässlich.
An diesem Tag war ihre gute Laune überall zu spüren.
Marie-France konnte es kaum erwarten, ihrer Mutter
mitzuteilen, dass sie sie in zehn Tagen mit ihrem
Verlobten besuchen wolle. Sie müsse ihn jetzt doch
endlich kennenlernen.
Wie verabredet, trafen die beiden am Samstagmittag,
in Oissy ein.
Der Himmel über der Normandie präsentierte sich an
diesem Tag in einem nahtlosen Blau. Ein wahrer
Glücksfall, da leichter Regen in dieser Region die
eigentliche Definition von Wetter ist.
Véronique stand auf der Veranda und erwartete die
beiden Verlobten. Marie-France hatte ihr schon so
viel von Franz erzählt, folglich war die Neugier, ihren
zukünftigen Schwiegersohn kennenzulernen, ent-
sprechend groß.
Auf dem Weg, der zum Haus führte, hatte der
Nachbar seine große zweirädrige Karre platziert, mit
der er allerlei Geäst und Sträucher abtransportierte.
Dies führte dazu, dass die beiden ihren Wagen
draußen vor dem Hof parken mussten. Dem Auto
entstieg zuerst ein großer, kräftiger Mann in einem
dunkelblauen Sakko, darunter trug er Jeans. Sein
hellblaues Hemd trug er offen, ohne Krawatte.
Seeberg wollte an diesem Tag nicht zu förmlich
erscheinen. Auch auf den Hut verzichtete er.

Dann entstieg ihr Liebstes, Marie-France, dem Wagen.
Noch schöner und anmutiger als sonst.
„Die Liebe macht sie noch schöner",
dachte Véronique. Ihre Tochter trug ein einfaches
auberginefarbenes, aber teures Kleid. Das konnte
die Mutter gut abschätzen.
Franz ging um den Wagen herum und nahm Marie-France an der Hand. Der Weg zur Gärtnerei betrug
etwa dreißig Meter.
Schritt für Schritt näherten sich die beiden dem Haus
und ließen das vorher freudige Gesicht von Véronique
mehr und mehr versteinern.
Kurz bevor sie an der Treppe angelangt waren, fasste
sich Véronique, und mit einem gequälten Lächeln,
das Seeberg und Marie-France nicht verborgen blieb,
begrüßte sie das junge Paar. Kurz darauf nahm man
im Salon Platz, und während Marie-France sich um
Kaffee und etwas Gebäck kümmerte, saßen Véronique
und Franz beieinander.
Anfänglich verlief das Gespräch etwas sperrig, aber je
weiter die Zeit vorrückte, umso interessanter und
herzlicher wurde ihre Unterredung.
Véronique wollte seltsamerweise mehr über Seebergs
Vergangenheit und seine Familie wissen als über seine
Zukunft mit Marie-France. Als er dann noch von dem
Tod seines Vaters vor einigen Monaten berichtete,
brach sie in Tränen aus.
„Sie müssen entschuldigen, lieber Franz, aber ich

denke dabei immer an Marie-France, als auch sie ihren
Vater verlor. Wie schlimm für Sie."
Nach einer kleinen Pause sagte sie leise, mehrfach mit
dem Kopf nickend:
„Jetzt sind beide ohne Vater."
Nach dem Kaffee sprach man noch lange über die
gemeinsame Arbeit im Institut in Reims, und wie
im Flug verging die Zeit bis zum Souper.

Marie-France hatte eine Kleinigkeit hergerichtet, und
nicht lange nach dem Essen zog man sich zurück, da
Véronique jetzt, wie sie sagte, ihre Ruhe brauche.
Das junge Paar zeigte Verständnis für die Mutter,
und ging ebenfalls früher als sonst zu Bett.
Véronique fand in dieser Nacht keine Ruhe.
Immer wieder sah sie dieses Bild vor sich, wie Franz
sich vom Auto zum Haus bewegte.
Sie sah Rudolf!
Dieser Gang und diese Gestik waren unverkennbar
die ihres deutschen Geliebten Rudolf. Gangbilder
sind eigentlich unverwechselbar, sagte sie sich,
und sie weinte und freute sich abwechselnd.
Zudem der Familienname!
Der kommt nun wirklich nicht so häufig in
Deutschland vor.
Den kommenden Tag konnte sie kaum erwarten.
Die beiden Verliebten genossen die gemeinsame
Nacht in dem Bett, in dem die kleine Marie-France

geboren wurde und in dem sie viele Jahre ihres Lebens geschlafen hatte.
„Wir nehmen irgendwann einmal dieses Bett mit", sagte Seeberg vollen Ernstes.
„Du bist verrückt! Das ist mittlerweile nur noch ein Museumsstück. Noch zwei oder drei wilde Nächte mit dir darin und es ist hinüber."
Seeberg lachte leicht verlegen.
Nach dem Frühstück wurde die Befragung durch Véronique noch intensiver, und Franz musste insbesondere die Lebensgeschichte seiner Eltern erklären. Eigentlich wollte er die Kriegszeiten ausklammern, da er nicht wusste, inwieweit Véronique hier Animosität gegen die Deutschen hegte, besonders wie sie reagieren würde, wenn sie von dem dekorierten Frontkämpfer Rudolf Seeberg hören würde.
Aber gerade dieses Kapitel interessierte sie am meisten.
„Von seiner Kriegszeit hat er nur wenig erzählt, nur davon, wo und als was er eingesetzt war. Auch hat er nicht viel über seine Auszeichnungen geredet - eigentlich überhaupt nicht. Von der Invasion wusste er nicht mehr viel. Ich bin mir sicher, er hat unter all dem sehr gelitten. Aber er hat nie viel darüber gesprochen, was ich heute sehr bedaure.
Sein begonnenes Architektur- und Ingenieurstudium konnte er aber wegen des Krieges nicht beenden.

Aufgrund seiner schweren Verwundung war er später nicht mehr in der Lage, Pläne zu zeichnen. Glücklicherweise konnte er durch eine Weinhandlung, die er Jahr um Jahr vergrößerte, doch zu Wohlstand kommen."
Véronique und auch Marie-France hörten Seebergs Ausführungen aufmerksam zu.
Da das Déjeuner sehr üppig ausgefallen war und noch Zeit bis zur Rückfahrt blieb, entschloss man sich zu einem Rundgang durch die Gärtnerei, die seit Jahren an ein junges Ehepaar verpachtet war. Die junge Frau sah auch jeden Tag nach Véronique und versorgte sie sehr umfänglich mit Salate und Gemüse.
Nur unter diesen Umständen konnte Marie-France die Mutter mit gutem Gewissen alleine lassen.
Während des Rundgangs hatte sich Véronique zwischen die beiden gedrängt und sich auf jeder Seite eingehakt. Als Argument führte sie ihr Alter und ihren Zustand als der einer kranken Frau an. Sie genoss diese Dreisamkeit sichtlich und überschüttete die beiden jungen Leute mit Komplimenten und guten Wünschen, aber vor allem mit Dankbarkeit, dass sie einen solch wunderbaren Menschen kennenlernen durfte.
Da musste Marie-France, ein wenig entrüstet, doch etwas energisch werden:
„Aber Maman, man könnte ja fast glauben, du hättest dich in Franz verliebt!"

Véronique lachte:

„Und wenn es so wäre, so könntest du es auch nicht ändern."

Alle drei lachten darüber und machten noch allerlei Scherze. Wirklich schweren Herzens verabschiedeten sie sich von der Mutter. Véronique konnte und wollte ihre Tränen nicht zurückhalten.

Während der Rückfahrt redeten sie nur über Véronique und Oissy. Seeberg war ganz angetan von allem, was er in den zwei Tagen erlebte hatte und wie wunderbar er seine zukünftige Schwiegermutter fand. Einen Vergleich zu seiner eigenen Mutter wollte er nicht ziehen. Auch vermied er, das schwere Zerwürfnis, das er mit seiner Mutter hatte, zu erklären.

Die Hintergründe waren zu beschämend für ihn.

Der Alltag im Labor fing die beiden wieder ein, und nur hin und wieder sprachen sie über Oissy.

Aber nur wenige Wochen später sollte der kleine Ort in der Normandie doch noch eine größere Bedeutung in ihren Gesprächen finden. Als es nämlich um die Frage ging, wo sie ihre Hochzeit feiern sollten, rief Franz plötzlich voller Begeisterung und keine Widerrede zulassend aus:

„In Oissy soll sie stattfinden und nirgendwo sonst!"

Marie-France gefiel dieser Vorschlag sehr, vor allem, weil ihre kränkelnde Mutter dann nicht reisen müsste.

Kapitel 18

In Oissy wurden in den kommenden Wochen die Gespräche zwischen Véronique und Père Jean Paul häufiger. Véronique fragte öfter nach dem Priester. Dem Geistlichen gefielen die Stunden in der behaglichen Atmosphäre des repräsentativen Gärtnerhauses mit seinem geschmackvoll und liebevoll eingerichteten Salon.
Dagegen war seine Pfarre bestenfalls nur eine armselige Behausung, zudem geprägt von bedingungslos mönchischer Schlichtheit.
Die wenigen Zimmer vermittelten in ihrer Spröde und Kargheit, dass hier weder ein Hauch der Erinnerung, noch eine Vergangenheit mit einem anderen Menschen zu spüren war. So erweckten manche Gegenstände, die er so gut wie nie benutzte, in ihr den Eindruck, als seien sie mit der gleichen Tristesse belegt, die Véronique hin und wieder auch in seinen Augen sah. Daher bat sie ihn, zukünftig die Gespräche im Gärtnerhaus zu führen. Der Vorschlag gefiel dem „Mann Gottes" sehr, der von Mal zu Mal eine stärkere Empathie zu Véronique entwickelte.
Am Ende empfand er eine, für ihn lange nicht mehr

erlebte erotische Liebe, die aber ohne jegliche körperliche Annäherung blieb.
Der Mann Gottes hätte sich auch als der Mann an Véroniques Seite vorstellen können.
Doch all diese Gedanken und Gefühle musste er weit von sich weisen, da sie ihm einen ungewollt tiefen Einblick in ein anderes Leben verschaffen würden, das aber außerhalb jeder Realität lag.
Warum sollte er als ergrauter Priester einer älteren und dazu noch hinfälligen kranken Frau irgendwelche Avancen machen fragte er sich.
Und so bewegte er sich in einer gekonnten Balance zwischen Distanz und Nähe, immer darauf bedacht, die Themen so zu wählen, dass keines der Gespräche je zu einer riskanten Empfindung hinführen würde.
„Als Krankenschwester ist mir, besonders während des Krieges, der Tod so oft begegnet. Hundertfach sah ich ihn unaufhaltsam kommen. Und so sehe ich auch jetzt, wie er sich mir immer mehr nähert, unausweichlich.
Daher muss ich mit dir, Jean Paul, eine Abmachung treffen, die mir als die wichtigste in meinem Leben erscheint, die aber nur wir beide kennen sollen."
So begann sie mittags eines ihrer letzten Gespräche mit dem Priester.
Sie erzählte ihm von ihrer großen Liebe zu Rudolf und davon, dass Marie-France, ein wahres Kind der Liebe, aus dieser Beziehung ist.

„Das Kind hatte dies, den damaligen Umständen geschuldet, nie erfahren",
fuhr sie fort. Nach einer kurzen Pause begann sie wieder, jetzt schwer atmend:
„Ich glaubte, der leibliche Vater von Marie-France sei bei der Ardennen-Offensive im Januar 1945 gefallen. Soweit meine Recherchen gingen, musste ich davon ausgehen.
Doch als mir vor ein paar Tagen Marie-France ihren Verlobten, einen jungen Deutschen, vorstellte- nun halten Sie sich, lieber Jean Paul, gut fest!-, blieb mir fast das Herz stehen:
seine Gesten, seine Sprache und ganz auffallend sein Gang erinnern sehr an Rudolf Seeberg, meinen Geliebten von 1942. Zudem trägt er ja den gleichen Familiennamen, der sicherlich nicht so häufig zu finden ist. Mein deutscher Soldat hatte also den Krieg überlebt .Und nun hat sich Marie-France in seinen Sohn, ihren Halbbruder, verliebt und sich mit ihm sogar verlobt."

Père Jean Paul, dem es angesichts dieser Geschichte die Sprache verschlagen hatte, konnte nicht anders, als Véronique in die Arme zu nehmen. Dabei drückte er sie zum ersten Mal ganz fest an sich. Er spürte, wie sehr diese Besonderheit die Gefühle von Véronique durcheinander gebracht hatten und sie immer noch tief bewegte.

Erst als Véronique ihn eindringlich darum bat, dass die beiden Verlobten niemals von ihrer verwandtschaftlichen Beziehung erfahren dürften, und er für immer Stillschweigen bewahren möge, fand er seine Sprache wieder.

Der Priester zog die Augenbrauen hoch und antwortete bedächtig:

„Meine liebe Véronique, soweit ich weiß, ist die Ehe unter Geschwistern oder Halbgeschwistern seit 1810 in Frankreich nicht mehr strafbar. Nur sieht man es nicht gerne. Du weißt ja als Krankenschwester besser als ich, dass hier öfter als sonst behinderte Kinder zur Welt kommen sollen, was allerdings nicht hinreichend bewiesen ist."

„Das weiß ich alles zu genau. Aber wenn ich dieses Glück sehe, dann denke ich an meine Jugend.

Was hat dieser Krieg mit uns gemacht?

Er hat uns Teile unserer Kultur geraubt Er. hat uns vielfach der Liebe und des Vertrauens beraubt.

Den einfachen Leuten, die sich politisch nicht haben manipulieren lassen, war jene innere Schäbigkeit des Hasses fremd war. Diese Menschen hegten keine Feindschaft. Sie sahen sich als die wahren Verlierer in dieser Tragödie und betrachteten sich als ein im Elend vereintes Kollektiv.

Dem organisierten Hass haben wir in unserer Ahnungslosigkeit die Liebe entgegengesetzt.

Diese wunderbare Vereinigung wurde durch all diese

verbohrten Dummköpfe der Nazi-Ideologie auseinandergerissen.
Man hat uns in einem nahezu glücklichen Zustand herzlos allein gelassen.
Wie oft habe ich mich gefragt, wer wohl die Verantwortung für all das Geschehene trägt, wer hat diese Umkehrung der Moral zur Unmoral zu verantworten. All die Standards des ganz normalen Miteinanders wurden schlichtweg verkehrt.
Politische Ideologie rechtfertigte und förderte eine ungehinderte Respektlosigkeit gegenüber Andersdenkenden, Andersglaubenden und anderen Völkern und Rassen. Das hat dazu geführt, dass manche voller Herablassung Vorurteile und Grobheiten vollkommen unüberlegt herausließen.
Wie können die Verursacher all dieser Feindseligkeiten heute leben?
Diese Kinder sollen nicht auch noch ihre Liebe dahingeben!
Es wurde schon viel zu viel und sinnlos geopfert!
Marie-France und Franz wollen bald heiraten, und ich bitte dich ganz herzlich, ihnen den Segen zu spenden. Ich weiß nicht, ob ich das noch miterleben werde.
Dabei gab sie ihm einen kleinen Briefumschlag, auf dem geschrieben stand:
An meine lieben Kinder Marie-France und Franz
Dann fuhr sie fort:

„Wir wissen doch beide, dass solche Beziehungen auch bei uns in Frankreich nicht akzeptiert sind und dass der Verzicht des Staates auf strafrechtliche Ahndung nicht mit Billigung zu verwechseln ist. Du weißt sicherlich, dass diese Form der Ehe in Deutschland nicht erlaubt ist und sogar unter Strafe steht. Also pass mir ja auf die Deutschen auf.
Ich glaube, die Wahrheit ist hier und dort nicht zumutbar!"

Als sie nach diesem langen Gespräch in die Nacht heraustraten, entließ sie ihn, ohne dass ein weiteres Wort gesprochen wurde. Umso bewegender war der Abschied. Mächtig an Gefühlen aber auf eine unaufdringliche Weise. Véronique konnte nicht länger ihre Zuneigung verbergen.
Ihr Gesundheitszustand verschlechterte sich von Woche zu Woche, sodass sich Marie-France und Franz mehrfach in der Woche auf den Weg nach Oissy machten.
An einem sonnig warmen Sonntagmorgen erlitt Véronique ihren zweiten Schlaganfall, an dem sie noch am gleichen Tag verstarb.
Gerade an diesem Sonntag waren die beiden Verlobten nicht bei ihr, und als sie in Oissy ankamen, lag Véronique bereits im Koma.
Mit einem leisen Adieu ließen sie Véronique los.
„Eigentlich ein zu schöner Tag heute, um zu sterben",

bedauerte Franz das traurige Ereignis.
Während der Trauerfeierlichkeiten blieben beide im Haus der Gärtnerei - und der Geschichten.
Sie erlebten die folgenden Tage in Trauer, aber auch in schönen Erinnerungen.
Als sie wieder in Reims angekommen waren, blieben sie für den Rest des Tages im Hotel, wo sie auch übernachteten. Marie-France lag stundenlang mit ihrem Kopf auf seinem rechten Arm und seiner Schulter.

Als sie erwachten, verspürte er einen starken Schmerz in seinem rechten Schultergelenk, der von Minute zu Minute an Intensität zunahm, gefolgt von einer dieser Missempfindungen …

Marie-France war bereits aufgestanden und hatte das Fenster halb geöffnet, um ein wenig der frischen Morgenluft hereinzulassen.
Auf dem Weg zum Fenster erinnerte sie sich an den Brief, den Père Jean Paul ihr nach der Beerdigung gegeben hatte.
„Hör bitte mal zu Franz, was Mutter uns zwei Wochen vor ihrem Tod geschrieben hat:

Meine lieben Kinder,

mein Herz ist so voller Glück und Zufriedenheit, wenn ich Euch sehe. Und meine Erinnerungen an meine Jugend sind so schmerzlich. Aber es gab da auch eine wunderbare, schöne Zeit, inmitten von Krieg, Gewalt und Hass. In dieser Zeit habe auch ich eine große Liebe erfahren.

Ich kann sagen, gerade dann lebt und liebt man intensiver und entschlossener, wenn alles drum herum im Chaos versinkt und man spürt, dass man nur in der Liebe überleben kann.
Wenn auch diese Liebe nicht sehr lange währte, so war es doch wert, sie zu leben.

Es ist niemals eine Frage der Zeit,

wann wir

und wen wir

wo lieben!

Du, mein liebster Franz, liebe meine Marie-France!

Und schütze sie wie ein Vater.

Ihren Vater hat sie eigentlich nie richtig gekannt."

„Ich eigentlich auch nicht",
unterbrach Franz sie für einen kurzen Augenblick,

bevor sie ihm dann noch den Schluss des Briefes vorlas.

Ich umarme Euch.

Eure Véronique

Unter Tränen der Rührung über die letzten Worte ihrer Mutter faltete Marie-France den Brief wieder zusammen.

EPILOG

Die Geschichte zweier Völker, deren Urahn Karl der Große ist und die sich in Hunderten von Jahren bekriegt, vereint, besiegt, geteilt und immer wieder auch geliebt haben, muss stets neu überdacht und durch Literatur unterschiedlicher Art neu erzählt werden.
Sie soll und kann zur Wohltat und auch zur Aufklärung jüngerer Generationen beitragen.
Fließt die Geschichte ohne Haftung an das menschliche Gedächtnis an uns vorbei, so verkommt sie zu einem schwer erreichbaren *Früher*, aus dem wir wenig oder keine Lehren für unser zukünftiges Denken und Handeln ziehen.
Wir dürfen allerdings nicht der trügerischen Illusion verfallen, wir könnten Muster aus der Vergangenheit mehr oder weniger komplett auf die Zukunft übertragen. So etwas funktioniert nur selten.
Auch wenn wir uns im Rückblick bestimmte Geschehnisse so erklären, als wären sie eigentlich vorhersehbar gewesen. Diese Ausschließlichkeit, Erfahrungen aus der Vergangenheit auf die Zukunft

zu übertragen kann nicht genügen. Es bedarf guter Visionen, Mut und Engagement.
Außerhalb jeder politischen Betrachtung sollten die Nachkommen Karls des Großen sich als Brüder und Schwestern im weitesten Sinne verstehen.
Der letzte große Krieg hat bei all seiner sinnlosen Grausamkeit die wichtigste Erkenntnis gebracht, dass beide Völker nur miteinander und nicht nebeneinander, und erst recht nicht gegeneinander eine Zukunft haben.
Aachen und Reims stehen für die Aussöhnung zwischen Frankreich und Deutschland. Eine Darstellung unserer gemeinsamen Geschichte darf sich nicht nur auf die Aufzählung unzähliger sinnloser Schlachten beschränken, sondern sollte vor allem unsere gemeinsamen Werte hervorheben.
Während wir Deutschen in Aachen Karls Lieblingsherrschersitz, von dem aus er seine Unterwerfungen unternahm, aber auch die Installation einer Bildungsreform für die europäische Zivilisation sehen, hat Reims für die Franzosen eine große Bedeutung in der Betrachtung ihrer eigenen Geschichte.
In Aachen ernannte Karl der Große schon zu Lebzeiten seinen Sohn Ludwig den Frommen zum Mitkaiser.
In Reims wurde nach Karls Tod sein Sohn noch einmal von Papst Stephan IV. im Jahre 816 gesalbt und gekrönt.

Reims blieb vom 12. bis zum 19. Jahrhundert die Stadt, in der französische Könige gesalbt und gekrönt wurden.

In Reims wurde später, am 07. Mai 1945, die bedingungslose Kapitulation der Wehrmacht unterzeichnet, während ein Tag danach die „Aachener Nachrichten" *als erstes freies Blatt ohne Nazi-Propaganda und als einzige Zeitung in Deutschland* die bedingungslose Kapitulation mit der Schlagzeile „der Krieg ist aus" vermeldete.
Kriege vernichten Vieles.
Neben unzähligen Menschenleben zerstören sie die Moral der Sieger und die Hoffnung der Besiegten.
Wenn gewissenlose Politiker oder auch Ideologen eine Feindseligkeit aufbauen, in der Hass und Gewalt alltäglich sind, ist die Liebe, die sich unter diesen Bedingungen entwickelt, eine besonders intensive.
Die Liebe unter den Menschen kann und muss stärker sein als jede Weltanschauung, denn nur die Liebe ist die Basis für den Aufbau unseres Lebens.
Wenn dann aus Feinden Freunde werden, ist dies die Erfüllung großer Sehnsüchte.

Dies ist nie eine Frage der Zeit, es ist immer die Frage der Bereitschaft und des Wollens.

Während einer Messe in der Kathedrale von Reims feierten Konrad Adenauer und Charles de Gaulle am

08. Juli 1962 die deutsch-französische Aussöhnung, der dann am 22.Januar 1963 der Deutsch-Französische Freundschaftsvertrag (Élysée-Vertrag) folgte, ein Aufruf an die Jugend beider Völker, sich zu verbinden in Freundschaft und gegenseitiger Achtung.
Es war nicht eine Frage der Zeit, sondern des Wollens!
Oft liest und hört man: *Wenn Menschen nichts aus ihrer Geschichte lernen, so wird sie sich wiederholen.*
Wenn wir begreifen, dass Frankreich und Deutschland der Motor sind für ein vereintes Europa, in dem man keine Angst mehr voreinander haben muss, dann können wir freier mit unserer oft leidvollen, mitunter aber auch schönen gemeinsamen Geschichte umgehen.

Es versteckt sich mehr Gemeinsames als Trennendes unter dem Mantel der Deutsch-Französischen-Geschichte, der langsam gelüftet wird.

Allein geschätzte 75 bis 200 000 Besatzungskinder von Wehrmachtsangehörigen in Frankreich aus der Zeit des 2.Weltkriegs sind Beispiele für ein Miteinander - mit oft unschönen Folgen unmittelbar nach Kriegsende.

Auch für Seeberg Senior war es nicht eine Frage der Zeit, sondern eine Frage der Bereitschaft und des Wollens, sich von der damaligen politischen Richtung zu entfernen. Und es war auch für Véronique nicht

eine Frage der Zeit, einen „Feind" zu lieben, sondern ganz allein ihr Wunsch.
Für Prof. Braun und viele andere war es ebenfalls keine Frage der Zeit, sondern der Wille, sich zu einem Kreis von Mördern und Folterern zu bekennen, häufig aus niedrigen Beweggründen, wie etwa die Beschleunigung ihrer Karriere.

Gerade in der fehlenden Verweigerung der Teilnahme an all diesen Abscheulichkeiten, insbesondere durch einen Teil der Bildungsträger im 3. Reich, zeigt sich, dass Bildung an sich keine Garantie sein kann, Grausamkeiten zu tolerieren oder gar selbst auszuüben.
Ein rechtzeitiges, entschiedenes „Nein" hätte viel Leid und Inhumanität verhindert. Wäre die Zahl der Neinsager größer gewesen, so hätte sie dem politischen Apparat das Schmierfett entzogen.
Auch wenn durch ein klares, eindeutiges „Nein" der Verlust vieler gewohnter Bindungen droht, muss man den Mut und die Kraft aufbringen, solche Brüche in Kauf zu nehmen und auszuhalten, und versuchen, eine Bindung nur zu Menschen, und wenn es nur wenige sind, zu wahren oder aufzubauen, die nicht bereit sind die Grenzen zur Inhumanität zu überschreiten.
Tragisch verlief die Frage nach der „Zeit", die Rudolf suchte, um mit seiner Familie einen Lebensabschnitt zu besprechen, den er für sehr wichtig hielt. Diese Zeit hat er nie gefunden.

Es war niemals eine Frage der Zeit, die er suchte, sondern des Wollens für diese wichtige und ehrliche Erklärung. Leider ist ihm dies besonders in seiner eigenen Familie nicht gelungen.

Wir werden in eine Zeit geboren, wir leben in dieser Zeit.

Unser Denken, Fühlen und Handeln darf nicht immer begründet oder entschuldigt werden mit der Argumentation, Alles sei nur „eine Frage der Zeit"

Wir alle sind Individuen, ausgestattet mit Sinn für Gutes – Le Bon - und Böses – le mal -, für Liebe – l'amour – und Hass – la Haine -.
Diese Tugenden können wir leben und diese Laster können wir unterbinden –zu jeder Zeit!

Hans Werner Karch, geb. 1949 in Kirn/Nahe 1969Abitur am dortigen Gymnasium. Nach seiner Wehrdienstzeit studierte er von 1971 bis 1977 Medizin an der Universität Mainz. Nach dem Studium Tätigkeit in verschiedenen Kliniken. Von 1985 bis 2014 praktizierte er als niedergelassener Internist in seinem Geburtsort. Seit Mai 2014 befindet er sich im Ruhestand und lebt mi seiner Frau und vielen Tieren auf dem Land in der Nordpfalz. Neben wissenschaftlichen Veröffentlichungen während seines Berufslebens schreibt Hans Werner Karch jetzt neben Romanen auch Erzählungen und Kurzgeschichten.

Ebenfalls im BoD Verlag erschienen sein Kriminalroman:
„Sturmvogels Tod" ISBN: 9783744815208

Sturmvogels Tod

Ein Rhein- Main – Nahe   Krimi

Ein, mit einem Hammer erschlagener junger Mann.
Eine Frau, im akut psychotischen Ausnahmezustand.
Ein bewusstloser Infarkt-Patient.

Dieses Szenario bietet sich den Beamten des LKA-Wiesbaden und dem Notarzt-Team. Kein Hinweis auf ein Motiv oder einen Täter. Beide Zeugen sind tagelang nicht vernehmbar. Über die Rettungsassistentin Martina, die den Ermordeten, Sir Toby, flüchtig kennt, gewinnt die Polizei Einsicht in die Strukturen einer Organisation, die sich Sturmvogel 2 nennt und deren Chef jener Sir Toby ist. Er, ein Junkee mit schwerer narzisstischer Verhaltensstörung führt diese Bande von Kleinkriminellen und Drogenabhängigen. Demütigungen, Gewalt und Feindseligkeiten bis hin zum Mord herrschen in diesem Milieu.

Durch akribische Ermittlungsarbeit gelingt es der Polizei, drei bisher ungeklärte Morde aus der Vergangenheit dieser Organisation nachzuweisen. Erst nach einer späten Zeugenaussage werden Täter und Tatmotiv erkennbar.

ISBN : 9783744815208